JN179986

集英社オレンジ文庫

僕たちは同じひとつの夢を見る

縞田理理

本書は書き下ろしです。

UNICORNS ON MAPLE STREET

CONTENTS

僕たちは同じひとつの夢を見る

MAIN CHARACTERS

貝ノ目《かいのめ》 遠流《とおる》
提波大学の一年生。
二十歳。

百瀬《ももせ》 光太郎《こうたろう》
遠流のゼミ仲間。

アンリ

異世界出身の
美しい猫人の男性。
共生推進課で働く。

泉《いず》原《はら》 縁《ゆかり》

提波大学の学生だが、
共生推進課で
アルバイトもしている。

笠《かさ》間《ま》 佳《よし》彦《ひこ》

共生推進課の
嘱託職員。
四十五歳。

僕たちは同じひとつの夢を見る

1　これは『あれ』だ！

貝ノ目遠流《かいのめとおる》は大通りを渡るため自転車を押してスロープを上った。

だいばセントラルを通って大学まで延々と続くペデストリアンデッキは、ピンクとオレンジを混ぜ合わせて灰を振りかけたみたいな色をしていた。この街が造られた頃には鮮やかだったのだろうけれど、今では色褪《いろあ》せて曖昧模糊《あいまいもこ》とした色になっている。

模造レンガの切れ目からひょろひょろしたセイタカアワダチソウが数本、一直線に整列するように生えていた。この花は外来種で黄色い花穂《かすい》が目立つのでかつては花粉症の原因として嫌われた。花粉症が冤罪《えんざい》と分かった今も外来種であることには変わりないが、はびこりすぎて駆逐《くちく》は現実的でなくなったうえ既《すで》に風景に馴染《なじ》んでしまっている。

少なくとも、《多様性が明るい未来をつくるまち　だいばシティ diversity へようこそ》の剝《は》げかけた看板のもとでは。

二十世紀の中頃まで雑木林が広がっているだけだった北関東の原野に建設されただいば

市は、『国際研究学園都市』を標榜《ひょうぼう》している。さまざまな研究機関と大学が点在し、首都圏新都市鉄道だいばエクスプレス《ディーエックス》の車窓から見えるのはエキスポランドにそそりたつH2ロケットだ。この街なら、外来植物くらいどうと言うことはない。

通りしな、整列するセイタカアワダチソウにちらりと目をやった。

セイタカアワダチソウはこの国では自分は外来種なのだと知っているのだろうか。知っていてここに根を下ろしたのだろうか。

いや、植物はそんなこと気にしないだろうけど。

だけど雑草だってこうやって自分の生えるべき場所を見つけているのに、自分にはまだ居場所がないような気がする。

別に居場所がないわけではない。馴染めない自分がいけないのだ。

たぶん、アイデンティティの問題なんだと思う。

両親の仕事の関係で六つの時からあちこちの国や街を転々として育ち、十七のとき日本に帰ってきた。そのせいか、日本に居ても外国に居ても『ここが自分の場所』という感覚がない。いつも四角い穴に突っ込まれた三角形のピースであるような気がしてしまう。

そもそも海外に居たときは『日本人らしくない』と言われていた。

六歳までは日本に居たはずなのだが、日本でのことはほとんど覚えていなかった。だから日本人としてのアイデンティティ、みたいなものが欠落している。そして両親とも標準的な日本人なのに遠流はあまり日本的な外見ではない。髪は黒というより茶色がかっているし、瞳《ひとみ》の色も向こうでヘーゼルナッツと呼ばれる範疇《はんちゅう》の色だった。

そして男子なのに男らしくもなかった。骨細で、目が大きく、肌の色も白いからだ。小さいときはほぼ漏《も》れなく女の子と間違われた。

身長はここ二、三年でそこそこ伸びてこの春ついに百六十八センチに達したが（まだ伸びる予定だ）、十代半ばまではアジア系としても小柄《こがら》だった。背が伸びた今も骨格は華奢《きゃしゃ》な部類に入る。その頃はストックホルムに住んでいたのだが、歳《とし》が同じくらいの北欧系《ほくおうけい》の少年からしたらどうあっても同性には見えなかったらしい。

何度か真面目《まじめ》に『告白』されたけど、その結果分かったのはこんな外見なのに自分はヘテロだということ。昨日まで冗談を言い合っていた相手に「ごめんなさい」と言う時の気まずさったらなかった。

その気まずさも、次の引っ越しですぐに過去のものになったのだけれど。

あの頃は、日本に戻れば少なくともアイデンティティの問題に関しては悩まなくて済むと思っていたんだっけ。

遠流が十七のとき、あちこちの研究機関の客員ポストを渡り歩いていた父が日本の国立研究所に招かれ、家族で帰国した。今度はパーマネントのポストだからもう異動しなくていい。そのときは正直、ホッとした。

だけど、いざ帰国してみると遠流はやっぱり四角い穴の中の三角のピースだった。海外で暮らしていたときの方がましだったかもしれない。海外では『外国人だから』という言い訳が使えたけれど日本では通用しないからだ。

どうしても、他のみんなと同じになれない。

日本で『ひとと違う』ことがこれほど厄介《やっかい》な問題だとは知らなかった。つまりそれだけ日本について無知だったわけだ。学期の途中で編入した高校で遠流は同学年の子より歳が一つ上だったのだが、それだけでもう周囲から距離を置かれてしまった。全員がぴったり同じ年齢だなんて、その方がびっくりだ。それを口にしたら、退《ひ》かれた。退く、という日本語はこういうときに使うものだと知ったのもそのときだ。奇妙だと思っていたけれど、そのときの状況にこれほどぴったりな言葉もなかった。

思えば他にもいろいろ失敗した。空気を読む、なんて知らなかったし。

今では少し分かる。対処法は、とりあえず口を閉じておくこと。口を閉じておくのは苦手ではない。あちこちの国を転々としていた間に、言葉の問題で黙り込むようになっていたからだ。それから眼鏡をかけるようになった。前から軽い近視があってコンタクトレンズをしていたのを眼鏡に換えた。なんでかよく分からないけど、日本では眼鏡が人気なのだという。でも『ちゃぱつ』と言って髪を茶色に染めている子が多いから、髪の毛の方はこのままでいい。

大学はもうすぐだが、提波大《だいばだい》のキャンパスは馬鹿みたいに広大だから、たとえ隣に下宿したとしても自分の教室まで到達するのは容易じゃない。大学方面に向かってこんどはスロープを下りながら、遠流は小さく溜《た》め息《いき》を吐《つ》いた。

歳がひとつ多いとか、〝ナポリタン〟がナポリ生まれの人の意味だと思っていたとか、人気のアニメやマンガを知らないとか、ラーメンと唐揚げとカレーライスが好きじゃないとか、そんな些細《ささい》なことが問題になるなら、『あれ』のことは絶対口外できない。

おかしいと思われるに決まっている。

『あれ』についてはできるだけ考えないようにしていた。考えなければ自分に対してそんなことはなかったのだというふりが出来る。実際、ここ一年は起きていないし、もう起きないのだと信じるふりをすることも出来る。

高校生活はとりあえず周囲から『浮かない』努力をして過ごした。（浮かない、というのも帰国して初めて覚えた日本語だ）クラスのみんなでカラオケに行く前には『ヒトカラ』で練習した。そうやってなるべく目立たないように高校生活をやり過ごし、進学のとき提波大学を選んだのは、留学生が多く国際的な雰囲気の大学だと聞いたからだ。それと、もう一つ理由がある。六歳まで住んでいたのはこの街だった。学群は違うが、両親は二人ともに提波大学の教職として働いていた。つまりだいば市は遠流の故郷なのだ。

(それなのに、父さんは僕が提波大にいくの、反対だったんだ)

厭《いや》な気分だった。

父のことを考えると、憂鬱《ゆううつ》になる。反対を押し切って提波大に来てから、父との間に微妙な距離が生まれてしまった。実家に行っても妙にそっけない。

父は、自分が提波大に来たことがそんなに腹立たしいんだろうか……。

厭な気持ちを吹っ切ろうとペダルを漕《こ》ぐ足に力をこめる。風の指が髪を梳《す》き、景色がぐんぐん後ろへ飛んでいく。

鬱蒼《うっそう》としたシラカシの並木がいつの間にか松並木に替わった。

松？　変だな……この辺に松の並木なんかなかった筈《はず》だ。かつてあった松林は伐採《ばっさい》され、その跡に人工的な街が建設されたのだから。

背筋がひやりとした。

おかしくないか？　さっきから随分《ずいぶん》走っているのに、なんでまだ大学構内に入ってないんだ……？

どこかで道を間違えたのか？　いや、間違えた筈はない。だいば市の道路は直線の格子《こうし》状で、曲がり角を間違えたって結局は目的地につけるようになっている。

松並木の向こうに霞《かす》むように青い海が見えた。

あり得ない。絶対にあり得ない。だいば市は海から三十キロくらい離れている。

もしかしたら、これは『あれ』じゃないか……？

パニックになりかけた頭を必死で落ち着かせ、なんとか否定しようとした。

違う、違う。もう長いあいだ起きていなかったじゃないか。

それに、自転車に乗っていて『あれ』が起きたことはなかった筈だ。

でも、この状況は似すぎていた。子供の頃、しばしば起きた『あれ』に。

景色が流れ、松林、白砂の海岸、草原と変化した。遠くを何か巨大なものが歩いているのが見えた。角のある蛇のようなものが這《は》っているのが見えた。

絶望的だった。もう否定しようがない。『あれ』だ。また『あれ』が起こったのだ。

ずっと起きていなかったのに、なんで今……？　さっき、『あれ』のことを考えたりしたから……？　なんて馬鹿なんだ、考えないようにしていたのに！　これで『あれ』が起きなかった最長記録がリセットされてしまったじゃないか！

自分に腹を立てたって仕方がない。落ち着け。落ち着け。『あれ』には始まりがあれば必ず終わりがある。いつもそうだったのだ。だから恐れちゃだめだ。

　どこかで笛と太鼓の音が聞こえる。

　見知らぬ異形《いぎょう》の人々が通りすぎて行く。いま通った女性、頭のてっぺんに翼が生えているように見えた。視野の右端に、首から上だけが人間で胴体は豹《ひょう》に似た動物がいる。その傍《かたわ》らにいるのは牛の顔をした男だ。

（見ちゃだめだ、本当は存在しないんだ、見たら存在を認めたことになる……！）

　彼らの目には遠流の姿は映っていないみたいで、何度もぶつかりそうになる。だけど、ぶつからない。互いの身体《からだ》の中をすり抜けていくのだ。幽霊みたいに。

　当然だ。だって、これは現実じゃない。夢なんだ！

　視野の端に映るものを直視しないようにしながら、遠流はペダルを漕ぎ続けた。

　突然、目の下の地面が曖昧なレンガ色に戻った。ペデストリアンデッキの褪せた模造レンガの色だ。

　戻ったんだ……。

　自転車を止め、ながながと息を吐き出す。身体が震えるのは冷えた汗のせいじゃない。

　終わった……終わってくれた……感謝します……感謝します！

　いったい何を、誰に感謝するのか分からないけれど、とにかく感謝した。

今のは、間違いなく『あれ』だ……。

子供の頃に、繰り返し見た悪夢。夢なのに必ず眠っていないときに見る。いや、『体験する』と言った方がいい。それくらいリアルな夢だった。

昼間、ふと気がつくと、見知らぬ場所に居る。一瞬前までとは違う場所に。

怖くなって駆け出すと、いつの間にか元の場所に戻っている。子供の頃、そんなことがしばしばあった。

実際にはどこにも行っていないのは、側《そば》にいた人の話で分かっている。そして『あれ』が続いている間に遠流が見ていた見知らぬ街や奇妙な人々は、誰も見ていない。

だから、『あれ』は遠流の頭の中で起きている夢——白日夢《はくじつむ》なのだ。

昔、『あれ』のことを、一度だけ母に話した。八歳か九歳のときだと思う。

そのときの母の反応が尋常《じんじよう》でなかった。血相を変え、泣きながら遠流をきつく抱きしめたのだ。

母は滅多《めつた》に泣かないひとだ。母が泣いているのを見た記憶はこのときしかない。怖かった。『あれ』が何なのかは分からないが、ひどくよくないものなのだろうと思った。

自分はおかしいんじゃないか、どこかの病院に入れられるんじゃないか、母はそれで泣いているんじゃないかと思った。その間に家族はまた他の国に引っ越して、それっきり会えなくなるんじゃないか――そんなふうに想像してひとり勝手に怯《おび》えた。

馬鹿みたいだけれど、子供らしい頑《かたく》なさでそう信じ込んでいたのだ。

だから、それから『あれ』が起きても、母にも誰にも言わなかった。ただ過ぎ去ってくれるのをじっと待った。そうやって耐えていればいつか必ず過ぎ去るということを経験から学んでいたから。

そのうちに『あれ』が起きる回数は減り、最後に奇妙なものを視《み》てからもう一年近くになる。遠流は安堵《あんど》し、あれは成長期の脳の見せる幻《まぼろし》だったのだ、大人になったからもう起きないのだ、と冷静に考えられるようになってきていた。

それが今になってなんでまた起きたんだろう……。

はじめての一人暮らしのせい？　大学生活に馴染めないから？

『あれ』が何なのかも分からないのに、考えたって答えがでる筈もない。

教室に着いても、まだ身体が震えているような気がした。もちろん授業には身が入らない。講義の間中、ひどく厭な、もやもやとした気分のまま過ごした。

『あれ』が頻繁《ひんぱん》に起きるようになったらどうしよう。勉強に差し障《さわ》る。いや、勉強どころか日常生活にも支障が出かねない。そんなことばかりぐるぐる考えた。

「おい、貝ノ目。貝ノ目」

名前を呼ばれてハッと顔をあげた。ゼミ仲間の百瀬光太郎《ももせこうたろう》が立ったまま覗《のぞ》き込んでいた。百瀬はだいば市近くの町の出身で、北関東人らしい骨っぽい感じの男だった。背は百八十以上ある。髪は墨で塗ったみたいに黒く、歯はピアノの白鍵みたいに白い。人の先頭に立つタイプで、誰とでもすぐ親しく話すし、面倒見がいいから友人も多い。

「貝ノ目。どこか具合悪いのか？」

そう言われて、気付いた。講義は終わっており、皆はノートやタブレット端末を鞄《かばん》に詰め込んで教室を後にしようとしていた。残っているのは自分とあと数人だけだ。

「あ……別に具合が悪いわけじゃ……ちょっと考え事をしていただけで」

「ならいいんだ。だったらボーリング付き合わないか？」

「そのあと、豚豚亭《とんとんてぃ》！」

百瀬の後ろから声がとぶ。女子もいれてそこには既に五、六人集まっていた。新しく市内にできたボーリング場に行って、そのあと豚骨ラーメン『豚豚亭』に流れるのは人気のコースだ。

確かにボーリングに行ったら気が晴れるかもしれない。ゼミのみんなと笑いあったら、このもやもやした不安な気持ちを払拭《ふっしょく》できるかもしれない。

「……いや。僕は今日はちょっと用があって……みんなは行ってよ」

ボーリングはいいけど、ラーメンは苦手だ。特にこってりしたのが。でも、ほかのみんなが豚豚亭の背脂《せあぶら》特盛りセット（羽根ギョウザ付き）が大好きなのは理解している。皆が楽しみにしているものを、苦手だとか発言して水を差したら悪い。だから、こういうときは理由は言わずにただ自分がやめればいい。

誰かの声がした。

「貝ノ目ってさ、付き合い悪いよな」

「ごめん、またこんど」

たぶん、今度、はない。いつも今度、なのだ。

「あのさ……ちょっと聞きたいんだけど……今日、どこかでお祭りやってる？」

百瀬は、変な顔をした。

「今の時期にか？　ないだろう？」

「そうだよね……いいんだ、別にそれだけ」

さっき聞こえた笛と太鼓も『あれ』の一部だったのだ。今まで『あれ』の最中にあんな音が聞こえたことはない。新しいパターンだ。しばらくぶりだったこと、あるいは日本に帰ってきたことが関係しているのかもしれない。

みんなと別れて自転車置き場に戻ると、自転車が将棋倒しになって倒れていた。

またださ。ここでは、なんでこういつも自転車が倒れるんだろう?

うんざりしながら折り重なった自転車の中から自分の自転車を見つけ出し、絡《から》んだハンドルをほどいて立て直した。構内に何ヶ所もある自転車置き場では、必ずと言っていいほど将棋倒しが起きている。誰かが倒しているわけでもなく、風で勝手に倒れるというのだが、今日は特に風が強いわけではなかった。予報でも穏やかな一日だと言っていた。もっとも、だいば市は南北に二十キロ以上あるので南は晴れでも北は雨ということも珍しくなく、天気予報はあまり当てにならない。

(さっきのペデをまた通るの、厭だな……)

『あれ』は場所に関係なく起きるのは分かっていたけれど、同じ道を通るのはなんとなく厭だった。遠回りだけどメープル通りから帰ろう。メープル通りは子供の頃住んでいた家の近くを通っている。その家でのことはあまり覚えてはいないのだけれど。

(父さんはどうして僕が提波大に行くのに反対だったんだろう)

父が反対したのは、何か過去のしがらみがあったからなのだろうか。そういえば理学類の准《じゅん》教授を辞《や》めて一家で海外に移住した理由について尋《たず》ねても、父はただ客員ポストが魅力的だったから応募した、という以上のことは何も答えてくれなかった。

にもかかわらず、遠流の提波大進学には絶対反対だったのだ。反対する理由もはっきりしない。狡《ずる》いと思う。辞めるときに何かあったにせよ、それは父の問題で遠流の問題ではない筈だ。

結局、母のとりなしで父は反対を引っ込めた。

――いいのか？　本当に提波にやって……？

――ええ。もう子供じゃないんですもの、遠流がそうしたいのなら、好きなようにさせてやりましょうよ――

父の意外そうな顔を覚えている。

どうして父の反対を押し切ってまで提波大に来たかったのか、今ではよく分からなかった。比較文化学をやりたかったというのはあったけれど、比文があるのは提波大だけじゃない。他大の選択肢もあった。でも、どうしてかここに来たかった。

たぶん、提波という地名のせいだ。

小さいときのことは覚えてはいないけれど、その地名に懐《なつ》かしさと魅力を感じたのは確かだと思う。この街なら、この大学ならうまくやっていけるような気がしたのだ。

それなのに、未《いま》だに馴染めずにいる自分が情けない。

走っているうちに急に霧《きり》が出てきた。そんな天気予報じゃなかったけど、だいぶ市では突然霧が出ることがあるからまたそうなのかもしれない。たいていは局所的で短時間で終わる。この霧も少し待てば晴れると思うけれど、今はほんの数メートル先も見えない。危ないので自転車を降りてその場に立ち止まった。

「おい！　貝ノ目！」

え？　声のする方を振り返り、ミルクみたいに濃い霧に目を凝《こ》らすと、黒っぽい影がぼんやりと浮かんできた。

「そこにいるの、貝ノ目か？」

「そ……そうだよ！　誰!?」

「俺！」

霧に浮かぶ黒っぽい影がみるみる濃くなり、自転車に乗った百瀬光太郎になった。

「ふう、やっと追いついた」

「なんで……？　百瀬……？」

「おまえがふらふら濃霧《のうむ》に突っ込んでくのが見えたんで追っかけた」

「ボーリングは……？」

「他の連中は先に行った。俺は後から行くと言ったが今日は別に行かなくてもいい」

説明になっていないと思った。ボーリングに行こうと言い出したのは百瀬じゃないか。だいたい、なんで追っかけてきたんだろう。ゼミはいっしょだけど別にそんなに親しくないし……というか、自分には親しい友人はいない。

「おまえ、やっぱり具合悪いんだろう？　顔色ひどいぞ」

「そんなことない……と思うけど……」

「それじゃなんでここまで三十分もかかるんだ？」

「そんなに経《た》ってないよ。あれから七、八分しか……」

「経ってる。俺は忘れ物をとりに一度教室に戻ったんだ」

百瀬は携帯を出して指し示した。四時三十八分。そんな筈ない。教室を出たのは、四時ちょっと過ぎだった筈だ。

「えっ、うそっ！」

遠流は慌てて自分の携帯を見た。表示は四時十五分。

「変だね……どっちかの携帯がおかしいんだ」

互いに顔を見合わせる。携帯の時間表示が狂うなんてこと、あるだろうか。

「……俺の携帯、電波一本も立ってないな。そっちはどうだ？」

遠流の携帯も圏外だった。百瀬のとは違う携帯キャリアなのに。

「霧のせい……？」

「ゲリラ豪雨のときは繋《つな》がりにくくなるけどな。霧では聞いたことないが」

霧はますます濃く、自分と百瀬以外は何も見えない。いつのまにか車の往来《おうらい》も途絶えている。百瀬がぽつりと言った。

「なんか、こんなホラー映画あったよな……」

「や……やめようよ」

でも本当に恐ろしいのは、ホラー展開ではなくこれが『あれ』じゃないかということだ。一日に二度なんて本当にやめて欲しい。

(だけど、それはないよな……ここに百瀬がいるんだから)

百瀬をちらりと見た。ちょっとホッとする。現実の人間が、『あれ』に出てきたことはない。百瀬は現実のアンカーだ。

「おい、何か聞こえないか?」

確かに聞こえる。それも近づいてきている。かなりのスピードで。

ドドドッ、ドドドッ、ドドドッ……。

硬く、重く、リズミカルに地面を打つ音。

霧に目を凝らす。自動車ではない。バイクでも。

「……馬だ!」

百瀬が叫んだ。

ゆらゆらとたゆたう霧を蹴散《けち》らすようにして、霧よりもさらに真っ白な馬が姿を現した。馬は速度を落とさず、そのままの勢いで遠流と百瀬の傍《かたわ》らを駆け抜けていく。

「貝ノ目！　見たか!?　今の！」

「見た！　馬だったよね……!?」

馬……？　なんで？　馬術部の厩舎《きゅうしゃ》から逃げてきたのか？

「ああ！　馬……だったと思うが……」

百瀬の声には妙に自信がなかった。

再び蹄《ひづめ》の音が近づいてくる。空いっぱいに鳴り渡る雷鳴みたいに。今度は一頭や二頭じゃない。何十頭もの群れの足音だ。

「逃げろ、貝ノ目！」

「逃げるって……どっちに！」

「分かるか、そんなこと！」

二人とも自転車をその場に置いて走り出した。右も左も前も後ろも白い闇だ。もうどこが歩道でどこが車道なのかも分からない。

「来るぞ！」

振り向くと、霧が凝《こご》ったように白馬の大群が視野いっぱいに広がっているのが見えた。

馬……？　違う。どこか違う。何かが違う。

白馬の額《ひたい》の真ん中からは、あり得ないものが突き出していた。真っ直ぐに伸びる捩《ね》じれた一本の角。

一角獣《ユニコーン》……⁉

そんな馬鹿な……だけど、そうとしか見えなかった。

疾走する真っ白な一角獣の群れ。

百瀬が何か叫んでいるが、蹄の音に掻き消されて聞こえない。

来る……！

長い角をそれぞれに振り立て、数百頭の一角獣たちが砕け散る白い波頭《はとう》さながらに押し寄せてくる。

もう駄目だ……蹄にかけられるか、角で突き刺されるか、いずれにしてもあの大群からは逃れられっこない……。

ぎゅっと目を瞑《つぶ》った。

右の耳と左の耳に無数の蹄の奏《かな》でる轟音《ごうおん》が等しく鳴り響く。

ドドドッ、ドドドッ、ドドドッ、ドドドッ、ドドドッ、ドドドドドドッ……。

その音以外、何も聞こえない。何も感じない。巻き起こる風さえ触れない。

どうなってるんだ……？　我慢できなくなって、恐る恐る目を開く。

その途端、どアップで馬の顔が目に飛び込んできた。角の捩じれ具合まではっきり見える。滑《なめ》らかな光沢《こうたく》を放つ角の切っ先が、胸に触れた。

そのまま何の抵抗もなくずぶずぶ身体にめり込む。

声にならない悲鳴をあげた次の瞬間、一角獣の馬体は遠流の身体の中を背中側《がわ》に駆け抜け、何事もなかったかのように走っていった。

慌《あわ》てて自分の身体を触って確かめた。どこも何ともなっていない。

そうしている間も一角獣たちは絶え間なく押し寄せてくる。跳ね上がり、いななき、荒い息を吐きながら、流れる白い波のように遠流の中と外を通りすぎていく。

（ぶつからない……すり抜けていく……実体じゃない……！）

立ちすくむ遠流を残し、群れの最後の一頭が背中を見せて霧の中に走り去った。

これは、『あれ』だったのか……？　霧が出たところからそうだったのか……？

だけど、だけど、変だ。

だって、『あれ』だとしたら——『あれ』は夢なんだから——

「……貝ノ目！　どこだ!?　生きてるか！　俺は生きてる！　俺は生きてるぞ！」

百瀬の声だ。

「百瀬！　ここだよ！」

霧の中、声のする方にそろそろと用心深く進む。霧の中に百瀬の黒っぽいパーカが浮かび上がる。向こうもこちらに気付いたらしく小走りに寄ってきた。

「貝ノ目、生きてたか！」

「うん、生きてる……」

「ああ、ああ！　生きてたか！　マジやばかった！　マジ死ぬかと思ったぞ！」

本当に死ぬかと思った。『あれ』ではないと思っていたから。

だけど、すり抜けて行ったのだ。『あれ』そっくりに。

「見たか？　見たよな？　あれは何だ⁉　角のある馬！　何百頭もいたぞ！　いや、そんなことより、身体を通り抜けた！　幽霊みたいに！　おまえもか⁉」

遠流は、呆然《ぼうぜん》としたまま百瀬がマシンガンのようにまくしたてるのを聞いていた。

百瀬も同じ体験したんだ……だとしたら、いまのはいつもの白日夢じゃなくて現実に起きたこと……？

いや、目の前にいるこの百瀬も『あれ』の一部だったりしないだろうか。今まで自分の白日夢に実在の人間が登場したことはないけれど、でも――

手を伸ばし、百瀬の頬《ほお》をつねってみた。

「いてっ！　何するんだ！　痛いじゃないか！」

「あ……夢じゃないんだ……」

「おい！　そういうときは自分のほっぺたをつねるもんだぞ」

百瀬の拳骨《げんこつ》が、こつんと頭を叩《たた》く。

「いたっ……」

「だろ？」

痛かった。ホッとした。現実だ。百瀬も、この状況も。

「夢じゃないよな……あれは新種のプロジェクションマッピングだったのか？」

あ。そうか！　そういう可能性もあるんだ。

自分が変な白日夢を見るものだから、今のも『あれ』だとばかり思ってしまったけど百瀬も見てるんだし、少なくとも映像は実在のものだったのだ。

「芸術学群の連中がやらかしたのか……？　三Ｄ映画よりもリアルだったぞ。霧に投写したのか？　そんなこと出来るのか？」

百瀬は言葉を切り、流れる霧をじっと見つめた。

「……奇麗だったな……あんな奇麗な馬、見たことないぞ……」

「あ、うん。そういえば奇麗だった」

確かに奇麗だった。生きるか死ぬかの一瞬に見た一角獣たちは。

今まで『あれ』のさなかに奇妙なものも、恐ろしげなものも、美しいものもたくさん視た。でも、いまの一角獣の群れほど奇麗なものはなかったと思う。

「マジやばいぜ……いまの、絶対まだ実用化されていないよな……。ちくしょう、死ぬかと思ったのに、もういっぺん見たい……見たい！　見たいだろ？　貝ノ目」

「うーん……どうだろう……」

「なんだ、見たくないのか？　俺は見たいぞ」

実を言えば、『あれ』のお陰で奇妙なものが見えるのは食傷《しょくしょう》気味だ。

そのとき、霧の向こうからサーチライトみたいな強い光が射《さ》してきた。霧の水滴をきらめかせて光のラインがぐるぐる回る。

「やっぱりプロジェクションマッピングじゃないか？　また始まるのか？」

百瀬が期待を込めて言う。

だが、映像らしきものは何も現れなかった。やがて、薄れ始めた霧の先にワゴン車が停《と》まっているのが見えてきた。ルーフの上にはパラボラの円盤に似た丸い装置が四つ取り付けられ、四方向にむかってそれぞればらばらに首を振っている。光はそこから出ているのが分かった。見ていると、ワゴン車から小太りのスーツ姿の中年男性と、黒髪をポニーテールにした小柄な若い女性がおりてきた。二人はそれぞれラッパ形に先が開いた計測器みたいなものを周囲の空間に向けて何かを調べている。

あの人たちは何をしてるんだろう……それに、あの変な道具は？

二人は黙々と調査を続けている。どうやら、自分と百瀬の存在には気付いていないみたいだ。こっちからは見えているのに、この辺だけ霧が濃いのだろうか。

ひとしきり測定した後、小太りの男性はベルトポーチからやけに大きい携帯電話みたいなもの——ウォーキートーキー？——をとり出して喋《しゃべ》り出した。

「えーと、こちら笠間《かさま》です。十六時四十七分、メープル通りの事象、収束を確認しました……問題なしです。ええ、『パッサバイ』でした」

百瀬と遠流は顔を見合わせた。

事象？　パッサバイ？　なんのことだろう。自分たち以外、メープル通りを歩いている通行人は誰もいないのに。

「……おい。あいつらがさっきのをやったんだと思うか？」

「どうかな……」

そうかもしれないけど、何だか違うような気がする。自分たちがやったことに『収束』と言うのは変だ。でも、何か知っているのではないだろうか。

「とにかく、聞いてみようよ」

流れる霧の中、遠流は彼らの方に向かって歩き出した。

その途端、ワゴン車の二人がギョッとしたように顔をあげた。目を丸くしてまじまじとこちらを見つめている。

そんなに驚くことだろうか。霧の中から突然現れたから？

ポニーテールの女性が動転した様子で男性のスーツの裾《すそ》を引っ張る。

「……笠間さん！　あれ……もしかして……」

「泉原《いずはら》さん、落ち着いて。大丈夫だから。怖くないですからね」

辺りの霧はほとんど消え、二人の表情まではっきり見える。ポニーテールの女性はすごく若い。服装は高校生が着るようなジャンパーとミニスカートで、たぶん自分と同じくらいの歳じゃないかと思う。小柄でくりくりした目が可愛らしく、遠流は栗鼠《りす》かなにかの小動物を連想した。一方、笠間と呼ばれた中年男性はふっくらした柔和《にゅうわ》な風貌《ふうぼう》で、グレーのスーツの下には日本ではあまり見ない英国風の襟《えり》つきベストを着こんでいた。ノーネクタイのボタンダウンシャツの襟の中には紺地《こんじ》のスカーフを巻いている。こざっぱりとして、かなりお洒落《しゃれ》な印象だ。

こざっぱりした小太りスーツの男性が一歩前に出た。

「えーと、そこの人、聞こえますかー？　私の言うことが分かりますかー？」

手をメガホンにして、大きな声でゆっくり一言ずつ発音する。

「あの、聞こえてますけど……」

小動物系の女性と、小太りスーツの男性が顔を見合わせ、小声で囁《ささや》き合う。

「こちらの言うこと、通じてるみたい……」

「泉原さん、気を抜かないように。まだ第一歩ですから」

自分がこんな外見だから言葉が通じない相手と思われたのか。でも、百瀬はいかにも北関東人って感じなんだけど。

百瀬が怒鳴った。

「あんたら何者なんだ！　今の、あんたらの仕業《しわざ》だったのか⁉」

小太りスーツの男性はにこにこしながら聞き返した。

「えーとですね、その、今の、とは何のことか教えて頂けないでしょうかー？」

「決まってるだろう！　角のある馬の群れだ！」

ポニーテールの女性――泉原さん――が跳び上がらんばかりに反応した。

「角のある馬！　笠間さん、今回の事象、ユニコーンだったんですね！」

「うーん、断定するのはまだ早いでしょう。記録映像がとれているかどうか分からないですしねえ」

「でも、目撃証言が！　あたしたち、ユニコーンを捕捉したんです！」

「泉原さん。彼ら自身がイミさんだとしたら、見たのは事象内の出来事とは限らないわけなんですよ。本当にあちら側だとしたら観測できないんです」

二人はまたなんだかよく分からないことを話している。イミさん？　って？

そのとき、ワゴン車の扉が開いて中からもう一人おりてきた。

「おい、なんだあいつ……」

コスプレ？　何かのマンガのキャラ？　そうとしか思えない。

時代がかった女物の着物を着流し風に着ているけれど、おそらくは男性だ。

髪は背に流れるほど長く、そして雪みたいに真っ白だった。

東洋人とも西洋人ともつかない容貌は驚くほど美しくて、それもまた現実のものとは思えない。それだけでも相当に目立つが、一番目を惹《ひ》くのは大きな二つの瞳だった。明るく透き通った琥珀《こはく》色で、瞳孔《どうこう》は縦《たて》に細かった。昼間の猫そっくりに。そう思って見ると、瞳だけじゃなくなんとなく全体に猫っぽかった。

「あれ……カラコンだよな……」

「そう思うけど……でも……」

ユニコーンの大群のあとでは、もう何が現実なのかよく分からなかった。

「アンリ、どう？　あなたの意見は？」

「うーんんっ……」

アンリと呼ばれた白髪着物の人物は『泉原さん』の問いかけに応《こた》える代わりにワゴン車に手をついて大きく伸びをした。

「いい匂《にお》いがする……ああ、懐かしいよう……」

顔を上げ、深呼吸してぐるりと空気の匂いを嗅《か》ぐ。

それから遠流に目を留《と》め、小首を傾《かし》げてじっと見つめた。

琥珀色の瞳の中で糸のような瞳孔が広がって大きく丸くなる。

「うわーお」

色鮮やかな着物が流れるように動くのが見えた。次の瞬間、猫っぽい白髪着物は遠流の目と鼻の先数センチのところにいた。着物の袖《そで》からにょっきり突き出たしなやかな白い腕が首に絡みつく。あんまり吃驚《びっくり》したのでまともに言葉が出てこない。

「あのっ、ちょっ、ちょっ、ちょっ、ちょっと……！」

「ああ……故郷を思い出すよう……」

白髪着物は遠流の首にしがみついたまますりすり首を擦《す》り付けた。

「おい！　放せ！」

百瀬がしがみついている白髪着物の襟首をつかんで引きはがす。ホッとしたのもつかの間、その袂《たもと》の袖口から突き出した白い腕を見てギョッとなった。肘《ひじ》から手の甲にかけて、髪の毛と同じ真っ白な柔毛《じゅうもう》がびっしり生えているのだ。さらには白い髪の中から柔毛で覆《おお》われた三角形の耳がぴん、と左右に飛び出してきた。

「なんだ⁉　こいつ、猫か⁉」

「んー、それは違うよねえ。猫は喋らない……ボクは喋るからボクは猫じゃない。証明終わり」

白髪着物は襟首をつかまれたまま百瀬の顔を見てニッと笑った。その唇《くちびる》の陰で小さな鋭い牙《きば》が白く光る。

一体全体どうなっているんだ……？

『あれ』の中ならこれくらい驚かないけど、実際に触ったのだからこの猫っぽい人は現実に存在している。

ポニーテールの『泉原さん』がまた跳《と》び上がって尋ねた。

「アンリ！　ねえ、やっぱりそうなの？」

「うん、そう思うよー。だって、彼、すごくいい匂いがするんだもの」

「初遭遇ね……もう一人は？」

「ちがうねー。そっちは、いい匂いがしない……」

猫っぽい白髪着物が鼻筋にしわを寄せる。そうすると、ますます猫に似て見えた。

小太りスーツが何だか困ったような、やれやれというような顔をし、携帯じゃない道具に向かって話し始めた。

「こちら笠間です。《事象》収束後の現場でイミさんと疑われる対象者一名と接近遭遇しました。ヒトガタです。《短期滞在者《テンポラリー》》か《長期滞在者《エクステンデッド》》かは分かりませんが、実体化してます。ええ、問題ありません、話は通じます。はい、ただちに保護します」

何だか分からないが、どうやら彼が報告しているのは自分のことらしい。

さっきも言ってた。イミさん、って何なんだ……？

どこかへの報告を終えたらしい小太りスーツの『笠間さん』はこちらに向き直ると、古代の仏像めいたほんわかした表情で言った。

「えーと。お騒がせしました。突然のことで、いろいろ疑問に思われて当然だとは思います。恐れ入りますが、我々にご同行頂けませんでしょうか……」

「僕、ですか？」

「そうです」

「僕を保護すると？」

『笠間さん』が再びにっこり笑う。

「はい。断ったりされない方がいいですよ。あなたの安全のためです」

百瀬と互いに顔を見合わせた。

いまのは、脅《おど》しなんだろうか。断るとどうなるんだろう。この人はぜんぜん強そうじゃなけど、何かすごい隠し技でもあるのだろうか。内ポケットに銃を隠してたりとか。

「ちょっと待てよ。あんたら、こいつをどこに連れてく気だ？」

「安全な場所、つまり私たちの本部です。あなたも一緒に来て頂けませんか。目撃情報を伺《うかが》いたいので」

と、小太りスーツの『笠間さん』。

「あんたらみたいな胡散臭《うさんくさ》い連中にホイホイついてくわけないだろう」

「ご心配なく。私たちは怪《あや》しいものではありません。文部科学省の外郭《がいかく》団体の臨時職員で、準公務員なんですよ。国土交通省と総務省も共管《きょうかん》なんですが」

文科《もんか》省外郭団体なのか……。そういえば父から聞いたことがある。省直轄《ちょっかつ》ではなく、外郭団体という体裁《ていさい》にした方が縛《しば》りが少なくいろいろ勝手がきくと。

「いったい何をやる団体なんだ？」

「《事象》の——さっきみたいな現象の調査ですよ」

「角のある馬の群れのことか？」

「あの、角のある馬というのは、それはユニコーンと言って……」

『泉原さん』が熱い口調で百瀬にユニコーンの説明をし始める。

つまり、この人たちは科学的に調べているんだ。

実体のない一角獣の群れ——自分の『あれ』と同じなのかもしれない現象を。

「……僕は、一緒に行きます」

「おい、いいのか……？」

「僕は知りたいから」

どうしても知りたかった。『あれ』が白日夢じゃなく現実に存在するものだとしたら、自分がおかしいんじゃないということだ。

「それじゃ、俺も行く。あの角のある馬のことなら俺も知りたい」

◆◆◆

遠流は窓のない部屋でパイプ椅子に浅く腰掛け、隣に座っている百瀬に目をやった。百瀬も居心地悪そうな顔でちらりと見返してくる。

他人が叱責《しっせき》される現場に居合わせるというのは、きまりが悪いものだ。

特にその叱責の原因が自分だったりした場合には。

遠流と百瀬の目の前で、ダークスーツの男性が腕組みしたままワゴン車の三人組をにらみつけていた。ＬＥＤ照明の青白い光が黒縁《くろぶち》の眼鏡にぬらりと反射する。

「……説明してもらおうか。どうして君らは提波大の学生なんかを『イミさん』と誤認したんだ？」

「だって、アンリが『イミさん』だって認定したんです」

ちょっと俯《うつむ》き加減にもじもじしながらそう言ったのは『泉原さん』だ。

「アンリの言うことはいつもいい加減だ。あまりあてにしてはならないと言った筈だ。笠間君もついていながら何だ、全く！」

『笠間さん』が落ち着き払って返答する。

「しかし、アンリ以外に完全ヒトガタの『イミさん』を見分けられる者はいないわけで、彼がそう言うならその言葉を疑う根拠は私たちにはないですよ」

その『アンリ』はどこ吹く風という顔だった。猫っぽい白髪着物であるのはさっきのままだが、三角の大きな耳はなくなって手の甲の白い毛も消えている。

「ボクは嘘《うそ》なんか言ってないよ。ボクはいい匂いがする、って思ったからそう言ったの」

黒縁眼鏡の男性の眉尻《まゆじり》がさらにもう一段つり上がった。ナタで削《けず》り出したような鋭い顔立ちのうえ、今は怒っているので余計に険《けわ》しく見える。

「アンリ、君は少し黙っていてくれたまえ！」

三人組を叱責しているダークスーツは彼らの上司で、名前は八乙女《やおとめ》。階級は課長らしい。統一感のない三人組と違っていかにも公務員然としている。髪は七三分けにきっちり撫《な》で付けられ、着ているスーツは仕立てはいいけど地味な濃紺、タイはグレーの斜め縞《じま》。

「あの……僕を『保護』するとかいうのは間違いだったんですか」

「そうだ。申し訳なかった。うちの未熟なスタッフの事実誤認だ」

パラボラに似た円盤を積んだワゴン車でどこに連れて行かれるのかと思ったら、行き先は大学の目と鼻の先にあるだいばエキスポランドだった。車は野外展示のＨ２ロケットを横目に裏手の駐車スペースに入り、通用口のような何も書いていないドアから建屋《たてや》の中に通された。

そこでこの八乙女課長と面談した結果、百瀬だけでなく遠流の方も提波大学人文学群比較文化学類の学生なのだという単純な事実を共有する結果に至ったのである。

「まあ、いいじゃないですか。この二人は《事象》の目撃者なんですから、いずれにしろ詳しく事情聴取しなければならなかったんですよ」

小太りスーツの笠間さんが古代仏みたいにほんわりした笑顔で言う。黒縁眼鏡の八乙女課長は深々と溜め息を吐き、それから諦《あきら》めたようにこちらへ向き直った。

「君たち。ちょっと手違いがあったが、霧の中で何があったのか詳しく聞かせて貰《もら》いたい。内規で、情報一件に対し金一封を出すことになっている」

「一封?」

八乙女課長は指一本をたてた。

「いちまんえん……?」

「重ねて申し訳ないが、千円だ」

あまり、予算は潤沢《じゅんたく》でないらしい。

「霧の中で、君たちは何を見たんだ?」

「角のある馬の群れだ。何百頭もいた!」

「だからそれはユニコーンだってば!」

百瀬と泉原さんが同時に叫ぶ。

「見たかった……いつもあたしが到着するのは収束したあとなんだもの……」

「泉原さん、まだ三回しか出動していないんですから。そのうちに遭遇しますよ」

いつの間にか部屋の隅でお茶を淹《い》れていた笠間さんが茶托《ちゃたく》に載せた茶わんを折畳《おりたた》みテーブルの上にひとつずつ置きながら言った。

「ああいったものの撮影に成功してるんですか？」

「撮れてるなら見せてくれよ」

百瀬が熱を帯びた口調で言う。

「俺、どうしてもあの馬をもう一度見たいんだ」

「今日のはまだ解析《かいせき》が済んでいないから撮れてるかどうか分からない。直接撮影するんじゃなく、データを解析して画像変換するの」

「泉原くん、あまり余計なことは言わないように！」

八乙女課長が眦《まなじり》を吊り上げて睨《にら》む。

「《事象》は——そういった現象は、たくさん目撃されているんですか？」

「それほど多くはない」

それほど多くはない……つまり逆に言えば、ある、ということだ。

自分以外にも『あれ』を視た人が複数いて、映像に収められたものもある——。

気付くと息が浅く、速くなっていた。手足に震えがきて、自分の身体がどこにあるのかさえよく分からない感じだ。とにかく気持ちを落ち着かせようと、掌《てのひら》を閉じたり開いたりしながらゆっくり深呼吸する。

(僕がおかしいんじゃなかったんだ……『あれ』は白日夢なんかじゃなく、確かに存在するんだ……!)

でも、だとしたら長いあいだ自分を怯えさせてきた『あれ』はいったい何だったのか? 自分以外の人間には見えなかったものが、なぜ百瀬やこの人たちに見えたのか?

「ここはああいった《事象》を専門に調査する組織なんですか?」

「ああ、まあ、そんなところだ」

ますます息が速くなった。専門組織……! 『あれ』を専門に調べている人たちがいる……少し前まで想像もしなかった事態だ。

「あのパラボラみたいな装置を使って何を調べているんですか? ラッパみたいな装置は? 文科省の外郭だってききましたけど、トップは省からきたひと?」

「君、質問しているのは私の方なんだが」

八乙女課長はあからさまに迷惑そうな顔をしたが、ここで後には引けない。

「そうだ、『イミさん』って何ですか? さっき言いましたよね? 僕をイミさんと誤認した、って」

「それは教えられない」

教えられない、っていうのは、情報を持っていて秘密にしている、と言っているのと同じだ。

「そちらの情報を教えてくれたら、僕の知ってることを話します」

「悪いが、部外者には話せない」

八乙女課長という人は《事象》についての情報は欲しいが、自分の側の情報は出したくないらしい。いや、たぶんこの人が話したくないというわけじゃなく、この組織の方針なんだろう。だけど、《事象》――『あれ』のことを知りたいのはこっちも同じだ。自分の側《がわ》だけ情報をとろうというのはフェアじゃない。

彼らは詳しく知っているか、少なくともかなりの情報を持っている。ここで引き下がったらもう《事象》について知るチャンスはないかもしれない。

拳をぎゅっと握りしめる。

正念場《しょうねんば》だ……うまく切り出すんだ。

「あの……だったら、僕を雇《やと》ってくれませんか？」

「なんだって……？」

八乙女課長の吊り上がった切れ長の目が一瞬仰天《ぎょうてん》したように丸くなった。

「そうすれば部外者じゃなくなるでしょう？」

「君、何を馬鹿なことを言ってるんだ⁉」

白髪着物の『アンリ』がうーん、と大きく伸びをする。

「あー、それいいよねえ。彼、いい匂いなんだもの。ずっと居てくれたら嬉《うれ》しいなああ」

「アンリ、君は黙っていたまえ！」

「あの人も職員なんですか？」

「いや、彼は正規の職員ではない……いわば、外部アドバイザーだ」

「泉原さんと笠間さんは臨時職員って言いましたよね。それってアルバイトでしょう？」

「まあ、そうとも言える」

「だったら臨時職員をもう一人いれることはできますよね？」

「いや、二人だ、俺も調査に参加したい。あの角のある馬をもう一度見たいんだ」

百瀬が割り込んできた。よほどユニコーンが気になるらしい。

「身元のはっきりしない者を雇うわけがないだろう」

「僕たち二人とも提波大学の学生です。身元ははっきりしてます」

「あたしと同じ……」

そう呟《つぶや》いたのは、ポニーテールの泉原さんだ。百瀬が素早く質問した。

「学生なんだ！　提波大？　何学群？」

「そう……提波大。芸術学群」

彼女、うちの学生だ……！

向こうを見るのと同時に彼女もこちらを見たので偶然目が合い、遠流は慌てて視線をそらした。

もしここに潜《もぐ》り込めなくても、大学で彼女に会って話をすることはできるんだ。芸術学群のキャンパスはちょっと遠いけど、自転車で行けば十分はかからないだろうし。

「お願いします！　学生バイトを二人増やすだけですから……」

「話にならん。君たち、金一封はやるからもう帰ってくれないか」

「俺たち、誤魔化《ごまか》されないぞ。千円って子供の小遣《こづか》いレベルだ」

「君、要《い》らないなら辞退してもかまわないんだが？」

そのとき、廊下に通じる銀色のドアがかちゃりと音を立てて開いた。

「ヤオトメさん、外まで声が聞こえマシタよ。なにごとデスか？」

『ヤオトメ』の『オ』にアクセントがある。

建物全体に響き渡りそうな大声でそう言いながら入ってきたのは、白衣の白人男性だった。髪は真っ白――アンリと違って本物の白髪で、背は少なくとも百八十はあり、顔は一杯ひっかけてきたみたいに上機嫌《じょうきげん》なピンク色、老眼鏡の奥の瞳はコップに落とした青インクのようにぼんやりした薄青色をしていた。

「サマーズ博士。ちょっとしたことです。彼らは《事象》の目撃者なんですが……」

「目撃！　ナニを見たデスか？」

「ユニコーンの群れです」

「ユニコーン！　オーサム！　スバらしい！」

「でも、ぶつかると、すり抜けていくんです。実体はないんです」

「パッサバイね！　パッサバイには、さわることできないのデスよ！」

さっきも笠間さんが言ってた。パッサバイ――通りすがり――と。

「パッサバイって何です？　触れなくても存在しているんですよね⁉」

「おお、パッサバイ、いうのはデスね……」

「サマーズ博士！」

八乙女課長のこめかみの辺りは筋が浮き出てぴくぴく痙攣《けいれん》している。

「余計なことは言わないで下さい。この二人は雇ってくれとか言いだしたんで、帰ってもらおうとしていたところです」

「ほう、ほう。アナタたちは、ここで、はたらきたいのデスか？」

「知りたいんです！　俺と、貝ノ目は――」

百瀬がそこまで言ったとき、博士は大きな背をかがめるようにしてこちらを見おろした。話しかけた百瀬じゃなく、はっきりと自分の方を。

「アナタの名前はカイノメいうですか？」

「そうですけど……？」

「カイノメ、とても珍しい名前デスね？　もしかして、アナタはDr.サトル・カイノメのファミリー、ありませんか？」

突然父の名前が出てきたので、息が止まるかと思った。

「物理学者の貝ノ目悟《さとる》は、父です。ご存じなんですか？」

「おお、知っていますヨ、Dr.カイノメ。ワタシ、はじめて来日したとき彼にはたくさんおセワになりましたデスよ！」

「本当ですか？」

「本当デスとも！　キミのコトもしってるマスよ！　ちっちゃいちっちゃいときネ！　べリべリかわいかったデスよ、ちっちゃいトール君！」

サマーズ博士の血色のいいピンクの頬がさらにてかてか輝いた。丸く膨《ふく》らんだ老眼鏡の奥の、ぼんやりと薄青い眼がぱちりとウィンクする。

「ヤオトメさん。カイノメトール君を雇ってクダサイ。ギリとコネはうつくしい日本のトラディション違いますか？」

「しかしですね、博士。私の一存では決めかねますので……！」

八乙女課長の声は、半分悲鳴みたいだった。

「ワタシの助手ポスト、ワタシの推薦できめられマス。ワタシ、カイノメ君を推薦しマス」

「ありがとうございます！」

思わずぺこりと御辞儀《おじぎ》をした。日本人らしく。

そのとき、何かに服の裾が引っ張られているのに気付いた。

百瀬が引っ張りながら片手で拝《おが》むような身振りをしている。

「貝ノ目、貝ノ目……！」

（あ、そうだ！）

「あの、プロフェッサー・サマーズ。彼も——百瀬も助手にして頂けませんか？」

このサマーズ博士という人がどこかのプロフェッサーなのかどうかは判らない。だが、礼儀上そう呼んでおいた方が無難だ。これはあちこちの客員ポストを渡り歩いた父に教わったことだ。

博士は中指で老眼鏡を押し上げ、頭をかるく傾げて百瀬を眺めた。

「アナタが彼を推薦するデスか？　では、推薦の理由をのべてクダサイ」

「えっ……」

「ワタシ、カイノメトール君はしってるマスが、ミスタ・モモセについては何もしりません。推薦するには、その人をしらない、いけません」

言われてみると、今日まで百瀬のことをそんなによく知っていたわけじゃなかった。資格も特技も知らない。百瀬はいつもクラスメイトに囲まれているけれど、自分はその輪に入ってこなかったのだ。

目を閉じて考える。自分が知っている百瀬光太郎は、どんなやつだっただろう……。

「……百瀬には、友人が多いです。彼は人の世話をよくします。真面目《まじめ》で、ポジティブです。彼は正直で……それに勇敢《ゆうかん》です」

霧に迷い込む自分を追いかけて自分も霧に突っ込んできたのだから彼が勇敢なのは確かだ。百瀬が一緒なら、心強い。

「彼は、信頼できる男です。リコメンドヒム、プリーズ」

「グー！　ワタシがミスタ・モモセ推薦しまス。メンバー、たくさんいるノ方がヨイ」

2　だいばの怪

組織の正式名称は多元連携局共生推進課だった。

サマーズ博士が「ヤオトメさん、ワタシは、仕事のつづきあるマスので、あとはヨロシクお願いしますデスねー」と言いのこして慌《あわ》ただしく出ていってしまうと、八乙女《やおとめ》課長は諦《あきら》めたらしく二人分の契約書類ともろもろの注意書きを出してきた。

「これを読んでおくように。君たち、当然何かＳＮＳはやっているんだろうな」

「俺はラインとフェイスブックとインスタグラムとツイッターやってます」

「僕はフェイスブックだけ」

それもほぼ放置だ。

「いいか。ここの仕事には守秘義務がある。《事象》に関することは絶対に投稿するな。クローズドでもメッセージでも駄目だ。写メを撮ってネットにあげるのも禁止。博士が何と言おうが、破ったときは即刻解雇《かいこ》だからな」

「《事象》は普通のカメラじゃ写らないんじゃないですか」

「写メはうちの特殊車両やスタッフに関してだ。特に、アンリの写真は絶対ネットにアップしないでくれ」

「でも、あの車で出動してるんでしょう？　それにアンリさんは……その……すごく目立ちますよね……」

瞳《ひとみ》はカラコンの可能性も残っているが、気のせいじゃなければ手と腕に白い毛が生えてすぐまた引っ込んだのだ。

「大丈夫だ。特撮番組のロケだといえば誰も疑わない」

「あ。なるほど……」

自分も最初はコスプレだと思ったのだ。そういえば、駅前広場のモニュメントプラザではしょっちゅう特撮ヒーローの撮影をやっている。ご当地ヒーローの撮影会もだ。

百瀬《ももせ》が鋭い突っ込みをいれる。

「確かにそれは名案ですけど、番組名を聞かれたらどうすんですか」

「制作発表前だからまだ秘密だと言え」

どうやら、そのへんもマニュアル化されているらしい。

「エキスポランドのスタッフ入構証だ。裏口から入れ。この入構証でプラネタリウム館に行くんじゃないぞ。入ったら料金発生するからな」

「しわいなあ。割引とかないんですか」

「運営母体が別系統だからな」

入構証には括弧《かっこ》して『臨時』とついていた。アルバイト用のものらしい。

それから、腕時計を貸与《たいよ》（支給じゃないから辞《や》めるときには返すよう念を押された）された。長針と短針で時刻を示すアナログのやつだ。

「出動時には必ずこれを着けろ。《事象》内の経過時間を知るには携帯は役に立たない。《事象》内の時間は外とは違うことが知られているが、携帯の時間表示は電波が戻った瞬間に訂正されるからな。機械時計なら時間がずれた分はそのまま残る。電波式と違って自己修復しないからときどき自分で正確な時刻に合わせるように」

遠流《とおる》は、《事象》内に先に入った自分の携帯の時間表示が後から追いついた百瀬の携帯より遅れていたことを思い出した。差は二十分以上あったが、霧《きり》が晴れたらどちらの携帯も正しい時間表示になって差がなくなってしまったのだった。

百瀬はアナログの腕時計が珍しいらしく、竜頭《りゅうず》を引っ張ったりひっくり返して裏をみたりしている。

「これ、通信機能とかはついてないんですか？」

「いや、ただの機械式時計だ」

「緊急時の連絡は？」

「……携帯でしてくれたまえ」

八乙女課長は胃痛に悩まされているような、うんざりした声で言った。

「私からの説明はこれだけだ。『常陸国風土記《ひたちのくにふどき》』は読んでおけ。現代語訳つきの文庫がでている」

既《すで》に名前も住所もメアドも吐いてしまっていたのだが、それでも一応職場の新人ということで遠流と百瀬はフルネームつきで自己紹介し直した。

「よろしくお願いします！」

二人並んでぺこりと御辞儀《おじぎ》する。帰国してから御辞儀にも慣れてきた。

「まあ、君たちが入ることになって良かったですよ。はっきり言って共生推進課は人手が足りなかったですからね。私は笠間佳彦《かさまよしひこ》って言います。ここでは古参なので分からないことがあったら何でも訊《き》いてくださいね」

笠間さんはにこにこしている。

着流しのまま椅子の背にもたれ掛かったアンリが手を振った。

「わあ。トールがきたの嬉《うれ》しいなあ。トールとコータロー。トールはいい匂《にお》いの方。コータローは悪い匂いの方。覚えた」

着ている着物が派手な柄《がら》なのにくすんだ色合いなのは、アンティークの着物だからではないかと思う。でも裸足《はだし》の足に履《は》いているのは型押しのケミカルサンダルだった。

「俺が悪い匂い、って……ちゃんと風呂はいってんのに」

百瀬は憮然《ぶぜん》とした顔だ。

「だって、トールと比べたらコータローの匂いは悪いよ」

するりと立ちあがると、流れるような動作で擦《す》り寄ってきた。

「んー。いい匂い……」

「ど……どうも……」

礼を言うべきところなのかどうかはよく分からない。アンリがほとんど胸に触れそうな近さで匂いを嗅《か》ぎ、上目遣《うわめづか》いに見上げる。

「ボクはねえ、アンリ・マンユだよ」

「アンリ・マンユって……アーリマンのこと……？」

笠間さんがにっこり笑った。

「よく知ってますね。そう、アンリ・マンユはアーリマンの別読みです」

「あ……母が民俗学者なので家にそういう本がいっぱいあって」

《アーリマン》は、ゾロアスター教の大悪魔の名前だ。キリスト教で言うならサタン級の超大物。

アンリの琥珀玉《こはくだま》みたいな瞳にちらりと視線を走らせる。何度見ても、凄《すご》い眼《め》だ。針のように細かった瞳孔《どうこう》はさっきより丸くなっている。ここは外より暗いから……？

だとしたらそれはカラコンじゃなくて本物だということだ。

「本当に、アンリ・マンユなんですか……」

「本当に本当。だって、ボクの故郷ではよくある名前だからねえ」

何だか拍子《ひょうし》抜けするようなその言い方が既に嘘《うそ》っぽい。故郷ってどこなんだろう。今度はそっちの方が気になった。

最後になった泉原《いずはら》さんの自己紹介は極めてシンプルでそっけなかった。

「泉原縁《ゆかり》。芸術学群一年。その、よろしく……」

これだけ。泉原さんは、たぶん人付き合いが苦手なんだと思う。自分も苦手だから、気持ちはちょっと分かる。

「これで全員ですか？」

「いやいや、もう一人いるんですよ。今日は来ていないようですが……」

「あのひと紹介してもしょうがないでしょう。四士《しど》さん、仕事する気がないんです。今週、一度も顔見てない」

「まあ、四士さんは出向ですからねえ。あとここに関係してくるのは局長の砺波《となみ》さんですが、東京事務所にいることが多くてこちらにはあまり来られないんですよ」

働かない出向職員。上から落下傘《らっかさん》で来たのか、或《ある》いは左遷《させん》なのかもしれない。局長は東京が多いというのは文科省関係だろうか。

「ここではどんな仕事をするんですか?」

「いろいろですよ。《事象》観測と調査が主《おも》な業務ですが、ほかに一般市民からの苦情に対応するとかもありますね」

「苦情ってなんの?」

「そうですねえ。君たちは、『だいばの怪』という言葉を聞いたことはありますか?」

「いわゆる都市伝説ですよね。寮生が行方《ゆくえ》不明になって一週間後に戻ってきた話とか、毎日同じルートを走る幽霊とか、いくら値下げしても住人が居着かないアパートがあるとか、鬱になる住人が多くて精神科が大忙しだったという話も……」

笠間さんは苦笑いした。

「まあ、そんなところですね」

「でも、それはだいば市ができたばかりの頃の話じゃないですか？　だいばエクスプレス《ディーエックス》が開通する前は陸の孤島だったから鬱が多かったんだと聞きましたけど」

「それもあります。でも、本当はもっと大きな理由があったんです。そもそもどうしてだいば市が創られたか、知ってますか？」

「二十世紀の科学万博の跡地を整備して……」

「はい、正解です。ではなぜここで科学万博をやったと思います？」

えっ、と思った。そんな抜本的なこと、考えたこともなかった。

「わかりません……」

「それはですね、土地が空《あ》いていたからなんですよ。当時はバブルで土地が高騰《こうとう》していた時代です。東京の近郊でこれだけまとまった土地が確保できる場所はなかなかなかった。それで万博協会は提波郷《だいばごう》の土地を買収したんです。なぜ空いていたかといいますとね、地元ではこの辺りは忌み地《いち》だったからなんですよ。昔から、妖怪がよく出る土地として恐られていたんです。しかし万博協会は気にしなかった。なにしろ科学万博ですからねえ。妖怪なんて、誰も信じないわけで」

百瀬が手を上げた。

「俺、知ってます！　曽祖母《そうそぼ》に聞きました。昔、提波郷の野っぱらには妖怪がよく出たって。曽祖母も見たことあると言ってました。あと狐《きつね》に化《ば》かされたって話も聞いた」

「化かされましたか」

「はい！」

「その妖怪のよく出る野原が、今のだいば市になっているところなんですよ」

遠流と百瀬は顔を見合わせた。

「じゃ、苦情って妖怪が出たとか……？」

「妖怪とは限らないんですよ。怪奇現象全般ですかねえ。とにかく奇妙な案件が持ち込まれたらうちに回すことになってるんですよ。おおかたは気のせいや見間違いなんですが、中には本物が交じっていることも」

本物……？

そのとき、廊下側のドアが勢い良く開いてサマーズ博士が戻ってきた。ノートパソコンを小脇《こわき》に抱《かか》えている。

「エブリバディ！　本日のデータ解析《かいせき》ができあがりましたデスよ！」

本日の、というとメープル通りで笠間さんたちが採取していたデータのことか。

「……映ってましたか？」

泉原さんのぼそりとした問いに、サマーズ博士は老眼鏡の奥でウィンクした。

「ユカリさん、イエスですよ、ユニコーンね！」

『ゆかり』の『か』にアクセントがある。

『ユニコーン』という単語が耳に届いた途端、百瀬の目が爛々《らんらん》と輝いた。

「あの角のある馬の映像、撮れてたんですか！」

「ユニコーンだってば……」

「ユカリさん、プロジェクターの準備、おねがいネ！」

「俺、手伝います！」

百瀬は部屋の隅にあったプロジェクターを運び、てきぱきとノートパソコンを接続した。ゼミでもよく手伝っているから、手早い。

「さあ、スタートしますデスよ！」

本当に、あのユニコーンが映っているんだろうか……暗くなった部屋の白いスクリーンに映像が映し出される映像を、固唾《かたず》を呑《の》んで見守った。

画面をもやもやとした霧が流れていく。

「なんだ。ぜんぜん映ってないじゃないか……」

「しっ……黙って見るの」

霧は濃くなったり薄くなったりし、やがてミルクに酢を落としたみたいにもろもろと凝《ぎょう》集《しゅう》し始めた。

「見て！」

泉原さんの鋭い声。

画面のあちこちで、流れる霧の塊《かたまり》が何かの形をとり始める。長い首のような四肢《しし》のような胴体のような――

「ユニコーンよ！」

「そ……そうか……？」

もろもろした霧は濃く塊を作ったかと思うと再びぼやけ、形のない霧になったと思うとまた凝集して動き出す。確かに、ユニコーンの群れが走っているように見えなくはない。荒れた海で、浜に押し寄せる波頭《はとう》が白馬の群れに見える程度には。だが、映像はぼやけており、はっきりそうだとは言い難《がた》い。

数分間のぼんやりした映像は自分と百瀬と思われる人間の形をした濃い影で終わった。

静止画の方は動画よりはましだった。全体が淡い水彩画めいた画面で、白く抜けたように走る馬の肢体が浮き上がっている。何枚かは、額《ひたい》の角が確認できた。

「これで全部なんですか？　もっとはっきり映った映像はないんですか？」

「ざんねんですが、いまのところ、これがリミット、デスね」

「そうなんですか……」

百瀬はひどくがっかりしたようだった。

「俺が見たのは、こんなものじゃなかった……本当に奇麗だったんだ。角やたてがみが間近に見えた。音も聞こえた。蹄《ひづめ》の音や、いななく声や、息遣《いきづか》いも」

「ああ……羨《うらや》ましい……」

泉原さんが長い溜《た》め息《いき》を吐《つ》く。

「見たかった……ユニコーンに触れたら死んでもいい……」

「触れたら最高だろうけど、マジで死んだぞ。こっちからははっきり見えてるのに、向こうには俺たちが見えていない感じでぶつかって通り抜けていったんだ」

そのへんも以前よく体験した『あれ』と同じだ。見えるし、音も聞こえるのに触れず、向こうからこちらは見えていない。

「あれは『パッサバイ』。だから触れないの。だいたいはパッサバイなんだけど……」

笠間さんが相づちを打つ。

「そう。《事象》のほとんどはね、パッサバイなんです。九割方はそうでしょう」

だから《事象》って、『パッサバイ』って、いったいなんなんだ……？　笠間さんと泉原さんは普通のことみたいに話しているので質問しにくい。

「パッサバイは、あまり気にしなくていいんです。実害はありません。お互いに触れないですからね。問題になるのは『イミさん』なんですよ」

『イミさん』だ！　問題になるのは『イミさん』なんですよ」

「済みません！　何なんですか、『イミさん』って」

「彼がそう」

泉原さんが指さす先にいるのは、机につっぷして居眠りをしているアンリだった。

◆◆◆

駅前のファミレスで、遠流は本日のパスタセットを、百瀬は和風ハンバーグ定食ライス大盛りを前にぼーっと座っていた。

「……なんか、トンデモな一日だったよな」

「うん……本当に……」

今日一日のことで頭の中がいっぱいいっぱいでくらくらする。

《事象》が何であるかについては、サマーズ博士は簡潔に説明してくれた。

――ヒトコトで説明しますと、だいば市は異次元交差点なのデスよ――

その交差点で、この世界が異次元世界と交わったとき発生するのが《事象》だというのだ。異次元世界がこの世界に接近し交わると、その世界の住人の姿が透《す》けて見える。それが『パッサバイ』。意味は、『通りすがり』だ。

彼らは不思議な姿をしていることが多かった。いわゆる魔物や妖怪のような姿だ。世界中の神話伝説の住人たちは、《事象》発生時に目撃された異次元世界の住人なのではないか、というのがサマーズ博士の仮説だ。

だいば市は、特に異次元との接触が起こりやすい土地なのだという。

スポット的にそういった場所は世界中にあるけれど、ここは最大の大きさなのだそうだ。普通はそういう場所は人が嫌って住まないのだが、だいば市の場合は人工的に街が造られたため《事象》エリアと大都市が重なってしまったらしい。

博士はだいば市が提波郷だったころ、しばしば目撃されていた妖怪は『通りすがり《パッサバイ》』だったのだと推測している。そしてだいば市ができてからの都市伝説『だいばの怪』もだ。人が居つかなかったり、鬱が多かったのもそのせいだ。

「……ひい婆《ばあ》ちゃんが見た妖怪っていうのも、そうだったのかな」

「きっとそうだね……」

光学《こうがく》カメラには写らないのに人間には見える訳を、博士は目で見ているわけでなく脳の視覚野に直接像を結んでいるのだろうと考えている。ただ、《事象》発生現場に居合わせた人間すべてが見ているわけではなく、見るのはむしろ少数派らしい。

「どうしてあれを見る人と見ない人がいるんだろう……」

だいば市の《事象》発生件数の多さを考えるともっと大勢が目撃していてもおかしくないし、そうしたら鬱が増えるどころの騒ぎじゃないと思う。

「霊感持ちとか、そういうんじゃないかな。敏感な奴《やつ》だけが見るとか」

「あ、そうか……」

つまり、自分はそういう人間だったのだ。たぶん、特別に敏感なんだと思う。

ホッと息を吐く。

（おかしいんじゃない。敏感なだけだったんだ……）

「俺には霊感はないと思ってたんだけどさ。まあ、考えてみればひい婆ちゃんが幽霊とかよく見る人だったからなあ」

百瀬は大根おろしの載ったハンバーグを割箸《わりばし》でずこずこ切った。まっ黒な鋳物皿《いものざら》に透き通った肉汁がじわっと流れ出す。急に空腹だったことを思いだし、遠流は本日のパスタ——紫蘇明太子《しそめんたいこ》だった——をフォークでくるくるからめ口に運んだ。

「あいつさ……あの猫みたいな奴。本当にあっちから来たのかな」

「見た目からそんな感じだけど……コスプレかと思った」

アンリは、『イミさん』だという。

『イミさん』は、『異世界イミグラント』の愛称というか隠語だ。『イミグラント』という言葉は移住者・外来のもの・移民等の意。異次元世界の住人だけれど、実体がある点が違う。『通りすがり』と同じ《事象》発生時に目撃される『通りすがり』は異世界の住人が透けて見えているだけだ。

そのとき世界は本当にぶつかってはおらず、接近しているだけなのだ。

だが、ときおり本当に二つの世界が衝突して、そこにいた者がこちら側で実体を持ってしまうことがある。

それが『イミさん』だ。

彼らは異次元ハイウェイのインターチェンジから間違って下道に降りてしまったような存在なのだという。世界が接触したとき間違った出口で降りて、そこで実体化してしまうと、戻れなくなってしまう。『こちら側』の存在になってしまうからだ。

アンリは、そんな風にこの世界に迷い込んだ『イミさん』の一人だった。そうだとすれば納得が行く。あの縦に長い瞳孔も、白い毛の生えた手も。

「俺のこと、悪い匂いだってさ」

アンリは大きな《事象》が発生したあと市内をふらふら歩いていたところを保護され、そののち共生推進課の預かりという形になったのだそうだ。

八乙女課長は彼を『外部アドバイザー』と言っていた。確かに異世界から来たのなら異世界のことには詳《くわ》しいかもしれないが、あまり頼りになりそうではない。名前の通りの大悪魔という感じでもないけれど。あのあともずっと気持ちよさそうに居眠りしていた。

「百瀬は、なんであそこで働こうと思ったの」

自分には理由がある。《事象》について知りたいという動機が。だけど社交的な、いわゆるリア充《じゆう》の百瀬がなぜあの怪《あや》しげな団体に入ろうとしたのかよく分からなかった。

「言っただろ。あの馬をもう一度見たいんだ」

「ユニコーン？」

こっくりと頷《うなず》く。どうもユニコーンとは言いたくないらしい。

「俺、騎手になりたかったんだ。競馬の。けど、中二のときにはもう背が百八十あって、ぜんぜん無理だった」

百瀬は横を向いて気恥ずかしそうに笑った。

「大学にきてはじめて貝ノ目《かいのめ》を見たとき、ちょっと羨ましかったんだ。おまえくらい小さくて軽ければジョッキー適性検査にパスできる」

驚いた……。

百瀬はいわゆる「クラスの人気者」タイプで、そんな百瀬が自分を羨ましいと思っていたなんて驚きだし、それも小さいのを羨ましいと思ったなんて二重にびっくりだ。自分は、ずっと背が高くなりたいと思ってきたのに。

「僕は運動神経がないからだめだよ」

「ああ、そうか。それに誰も彼も騎手になりたがってるわけじゃないよな」

想像したこともなかったけど、背が高すぎるという悩みは人に言い辛《づら》いものなのだ。たいがいの男子はもっと背が高くなりたいと思っているから、そんなことを言ったら贅《ぜい》沢《たく》だのなんのと言われるに決まっている。

背が高くてスポーツも勉強もできてみんなに好かれている百瀬には悩みなんかないのだと思っていた。でも、そうじゃなかったんだ……。

「それでさ。なんで騎手になりたかったかっていうと、馬が好きだったからなんだ。騎手が無理と分かったときはやけになって、家出して北海道の牧場に行こうとか考えた」

「ほんと？」

「マジだった。あの頃は。部屋中に競走馬のブロマイドを貼ってた。シンボリルドルフとか、トウカイテイオーとか、ディープインパクト」

馬と関《かか》わりたいのなら北海道の牧場以外にもあるんじゃないかと思ったけど、中学生がひとつのことを思い込んだら他の可能性なんか考えられないものだ。

「高校に入ってしばらくすると騎手になりたかったことなんか忘れた。あれは単に子供っぽい憧《あこが》れだったんだ、って思ってさ。提波大には馬術部もあったけど、入らなかった。っていうか、見ないふりしてたんだ。騎手で成功すれば大きく稼《かせ》げるけど、馬術は金がかかる一方だから親に悪い」

和風ハンバーグセットについてきたオレンジソーダの氷をストローでぐるぐる回す。

「けど、今日、あの馬を見た。心臓まるごと持ってかれたよ。やばい。やばいよ。あんなのありかよ。奇麗とか、かっこいいとか、そんな言葉じゃ言えない。とにかくやばい。あんなすげえ生き物がこの世に――この世じゃないのかもしれないが、どこかに存在するんだとしたら、これ以上最高なことって他にないだろ？」

「うん……そうだね」

今まで様々なものを視《み》てきた遠流はユニコーンを視てもさほど驚かなかった。だが百瀬は、ああいったものを視るのは初めてだったに違いない。どんな衝撃だったのか想像に難くない。それが愛する馬の怪だったから余計にそうだろう。

「どうしても、もう一度見たいんだ。あそこにいれば見られるかもしれない」

「視られるといいね」

「もちろん絶対に見るさ！」

百瀬の目は、熱っぽい光を帯びている。

なんだかユニコーンに取り憑《つ》かれたみたいだった。

そういえば、泉原さんも死ぬほどユニコーンを視たがっていたっけ。

ユニコーンには、人を惹《ひ》きつける特別な何かがあるんだと思う。単に美しいというだけでなく、人を虜《とりこ》にする何か。

これでよかったんだろうか。

すべてはメープル通りでおきたあの《事象》のせいなのだ。

自分を追っかけて霧に入ってこなければたぶん百瀬はユニコーンの虜になることも、多元連携局なんて怪しげな団体に入ることもなかったはずだった。

「あそこでバイトすることにして本当によかったの？　百瀬」

自分は、百瀬がいたら心強いから考えなしに推薦してしまった。

それは自分の都合で、身勝手だったんじゃないだろうか。百瀬はユニコーンが視たいだけなんだし、あそこで働かなくてもだいば市でならまた遭遇するかもしれない。

「なんだか僕に付き合わせたみたいで……」

「そんなわけないだろ。俺がやりたいって言ったんだ。面白そうなバイトだしさ」

「あ……うん」

「明日から同僚だな。よろしく。けど、ひとつ問題があるんだ。俺たち、自転車をメープル通りに置いてきちゃっただろ。どうやって大学に行く？」

◆◆◆

結局、二人とも早起きして自転車を探しに行った。夜間、植栽帯《しょくさいたい》に鬱蒼《うっそう》と樹木が茂ったメープル通りでは到底探せなかったからだ。早朝のメープル通りは閑散《かんさん》として、自転車は歩道脇の植栽帯に昨日のままに倒れていた。

その日の講義が終わると、遠流は急いで自転車を漕《こ》いでエキスポランドに向かった。百瀬とは現地で落ち合うことになっている。

銀色のドームのように巨大なプラネタリウム棟《とう》と、白とオレンジのH2ロケットは遠くからでもよく見えた。H2ロケットの足元に展示されたガラスのピラミッドの中にはエジソンの電球やニュートンの林檎《りんご》の模型が収まっている。展示棟の通用口でどきどきしながらスタッフ入構証を提示すると、守衛はちらりと見ただけで黙って通してくれた。

建屋《たてや》の通用口から入るこちら側は、展示室の奥のバックヤード部分らしい。天井《てんじょう》の配管が剝《む》き出しになっていて、展示品のストックが無造作に置かれている。

あの部屋はどっちだっけ……？

昨日は頭に血が上っていたこともあって記憶が定かでない。とにかく行けば分かるだろうと思って歩き出したが、それが失敗だった。

行き止まりだ。戻って別の角をまわる。また行き止まりだ。

コンクリートの廊下は曲がり角や行き止まりが多く、いくつもの角をまわるうち自分がどこに向かっているのか分からなくなってきた。

困った……こんなに広いなんて思わなかった。人に訊こうにも、誰にも行き合わない。

あと少しだけ行って駄目だったら教えて貰《もら》ったアドレスにメールしよう、と決意して暗い角をまわった。廊下の先のドアが開いていて、薄暗い廊下に明るい光が漏《も》れている。

よかった。人がいる。あそこで訊こう。

「あの……すみません……」

「わあ、いい匂いのトールがきたよ」

そこが共生推進課のオフィスだった。

着物姿のアンリが嬉しそうに手を振る。琥珀色の猫っぽい眼は不思議だけれど、小さな丸い顔は白い髪と相まってびっくりするような美しさだ。

「ここはすぐに分かりましたか？」

笠間さんは緑茶の最後の一滴を急須《きゅうす》から茶碗にぽとりと注いだ。今日も三つ揃《ぞろ》いのスーツだけど、スカーフではなく幅の広い洒落《しゃれ》た感じのネクタイをしている。

「……実は建物の中で少し迷いました……」

「俺も！」

いつのまにか追いついてきていた百瀬が後ろから顔を出す。

「ここって大して展示物ないし、中がこんなに広いなんて思ってなかったです！」

「みんな最初は迷うんですよ。展示室は建物のごく一部で、バックヤードの方がずっと広いんです。ここはプラネタリウム棟の裏あたりですね」

遠流は室内を見渡した。折畳《おりたた》みテーブルとパイプ椅子が並んでいて、貸し会議室みたいな雰囲気だ。部屋にいるのはアンリと笠間さんだけ。八乙女課長はいないし、サマーズ博士の姿もない。

「……泉原さんは？」

「今日はちょっと遅れるそうですよ」

がっかりするのと同時にホッとした。遅れる、というのは言い換《か》えれば後で来るということだ。

「あの、仕事は？」

「今日はまだ何も。ここではね、待つのも仕事なんですよ。とにかく来たらタイムレコーダーは押して下さいね。君たちは時間給ですから」

仕事がないのに給料を貰うのはなんだか悪い気がする。欲しいのは情報なんだし。とはいえ、仕送りも限られているのでアルバイト代はありがたかった。

「さ、貝ノ目さん、百瀬さん。お茶をどうぞ」

よく手入れされたふっくらとした手が茶托《ちやたく》をおく。緑茶は苦くてあまり好きではないのだけれど、出されたものを断るのも悪いので茶碗をとって一口飲んだ。

あれ？　苦くない。爽《さわ》やかな香味《こうみ》のなかに仄《ほの》かな甘みさえ感じられる。

「……どうしていつも笠間さんがお茶を淹《い》れるんですか？」

「それは私が一番うまく淹れられるからですよ。お味はどうです？」

「美味《おい》しいです。僕、緑茶は苦手だったのに……」

笠間さんはおやおやという顔で笑った。

「苦手だったのに飲んだんですね？」

「あ……折角《せっかく》淹れて貰ったから……」

「貝ノ目さんは優しい人ですね。相手に合わせる。それはそれで大切なことですが、いつもそうだと本当の自分が分からなくなってしまいませんか」

本当の自分……本当の自分って何だろう。

分からなくなるどころか、最初からそんなものはなかった気がする。一度だってそんなものがあったとは思えない。

「……美味しかったのは本当です。今度から緑茶を好きになれそうです」

「若い人が、自分の世界を広げるのは良いですねえ。でも、自分が何を好きなのか見失わないようにした方が良いですよ。人間はね、自分の好きなもので出来てるんです」

「好きなもの……」

百瀬は馬が好きだ。愛してる。ユニコーンも。

(僕を形作っている僕が好きなものってなんだろう……)

自分が好きなものなんてあまり考えたことがなかった。気にしていたのは、苦手なものばかりだ。苦手なものをどう避けるか。どう我慢するか。

「あー。ゆかりんがきたよ」

「ゆかりんって……?」

「ああ、泉原さんのことですよ。アンリはそう呼んでるんです。縁さん、で『ゆかりん』」

「来てないだろ」

百瀬が言った途端、ドアが開いて泉原さんが入ってきた。

「遅くなりました……」

「ほらねえ」

アンリはドヤ顔だ。もともとそういう印象の顔つきではあるけれど。

泉原さんは大きな肩掛バッグを折畳みテーブルにおろし、なかに手を突っ込んで何かをごそごそ探している。

「アンリ。はい。約束の」

「わーい」

泉原さんがアンリに手渡したのは、『猫くびったけシリーズ　黄金ささみ』だった。

「これだいすき」

すぐにパリッと封を切って嬉しそうに食べ始める。

「それ、キャットフードじゃないか」

「アンリは猫だもの」

「猫じゃないよ。ボクは喋《しゃべ》るから猫じゃな……んぐ……」

最後の方は、ささみを頬張《ほおば》っていたため不明瞭《ふめいりょう》だ。

「彼は猫じゃありませんが、いろいろ猫に近いところがありますね。ここでは暫定的《ざんてい》に『猫人』と呼んでます。昔、彼のような『イミさん』は化け猫と呼ばれていたのではないかと考えられているんですよ」

「ひどいよねえ。ボクのこと、化け……だなんて」

あっという間にささみを食べ終えたアンリは今度はピンク色の薄い舌で丹念《たんねん》に手を舐《な》め始めた。

百瀬が肩をつつく。

「どうみても化け猫、だよな」

「……だれが化け猫だって？」

その瞬間、アンリの白い髪の中からピン！　と三角の耳が立った。唇《くちびる》から尖《とが》った牙《きば》が覗《のぞ》き、指先から細い三日月のような爪が飛び出している。

百瀬がわっ、と叫んで飛び退《の》いた。そのときにはもうアンリの耳と爪は引っ込んでいたが、その姿はまさに化け猫だった。一瞬、口が耳まで裂けていたような気がする。

あのときの……あれは見間違いじゃなかったんだ。

「お……脅かすなよ。泉原さんだって猫って言ったじゃないか」

「ゆかりんは、いいの。なかよしなんだから」

「……うん、仲良し」

泉原さんがアンリと片手でハイタッチする。

泉原さんとアンリは仲良しなのか……。

雪のように白い髪と琥珀色の瞳のアンリはこの世のものとは思えないほどに奇麗だし、泉原さんがアンリを好きだとしても不思議じゃないか……。

今日の泉原さんはクリーム色の短いチュニックと脚《あし》にぴったりしたレギンスだった。チュニックの胸に下がっている長いじゃらじゃらしたネックレスは、遠流の母が好んでいるのと似た民俗調のものだ。どこかの民芸品かもしれない。

泉原さんを見ていたら、アンリがこちらを向いて片手を高く挙げた。ちょうど、招き猫そっくりに。

「トール。ハイタッチ」

「えっ……あの……僕と……？」

「しないの？」

「あ……ええと、うん、じゃあ、お願いします」

手を伸ばして、招き猫みたいに挙げられた白い手とハイタッチした。その掌《てのひら》は大きな肉球みたいにふんわりとした柔らかさだった。

「ふふふー。これでトールもなかよしになったねえ」

猫っぽい奇麗な顔がにんまり笑う。

（えっ……これでもう仲良し？）

なんというシンプルさ。ちょっと羨ましくなる。これくらい気軽に仲良くなれたら、どんなに楽だろう。

「俺とはしないのかよ」

百瀬は不満げな顔だ。百瀬はアンリのことを何だかんだ言うけれど、嫌っているわけではないらしい。むしろ、気になっていたのかもしれない。

「えー、コータローは匂いがよくないんだもの……でも、まあ、いいや」

百瀬の方に手を伸ばす。

「はい、タッチ」

「ほい」

アンリと百瀬がハイタッチする。

「やーらかいな、おまえの手！」

「だって、ちゃんとお手入れしてるからねえ」

また手を舐めながら言った。アンリのお手入れとは、手を舐めることのようだった。

「アンリはこっちに来てどれくらいなんですか？」

「んー。一年……くらいかなあ」

「帰りたくはならないのか？」

最初にメープル通りで会ったとき、「故郷の匂いがする」と言っていた。《事象》が起きた場所だったからなのかもしれない。

「んー、そうだねえ……そんなに帰りたくもないかなあ。まだ聖地にも行っていないし」

「聖地って？　この世界の？」

「うん。そうだよ。アキハバラっていうところ。そこに行けばすべてが叶《かな》う場所……」

聞き間違いでなければ「秋葉原《あきはばら》」と言ったようだ。

泉原さんが小声で囁《ささや》く。

「アンリは、アニメが好きなの。それで秋葉原が聖地」

「聖地アキハバラに行くのが、ボクの夢……叶わない夢だけどもねえ」

遠くを見る目で、ほうっ、と溜め息をつく。

「秋葉原なら、だいばエクスプレス直通ですぐ行けるじゃないか」

「彼は行けないんですよ。『イミさん』ですから」

「禁止されてるんですか……？」

「いいえ、そうじゃないんですよ。『イミさん』は実体化した場所から離れられないんです。だから、だいば市で実体化した『イミさん』は、だいばから出られないんですよ。市の中心部に帯状の結界がありましてね。その結界の境界線を踏み越えて外に出ようとすると、最初に実体化した場所に飛ばされてしまうんですよ」

「えっ！」

笠間さんは部屋の壁に掲示されているだいば市全図を示した。黄色い星形のシールと、赤やピンクの丸シールが何ヶ所かに貼られている。

「この黄色い星を結んだ内側が結界になってます。ピンクは目撃情報、赤はサマーズ博士の装置で《事象》の発生が観測された場所です。まだ異次元レーダー一号機が本格稼働《かどう》して三ヶ月なのでデータはそれほどないのですけれどね」

「結界の星印が貼ってある場所には何があるんですか」

「ああ、それはですね、神社です。提波山頂の男体山《なんたいさん》神社、女体山《にょたいさん》神社以外の星はぜんぶ香嶌《かしま》神社なんですよ」

「へぇえ」

神社。いわれてみれば納得だ。社《やしろ》というのはなにか超自然的な力を持っているものなんだろうか。

「神社が、その、結界の役割を果たしているんですか？」

「それは解明されていないんですよ。怪異の警告として境界線上に社を建てたのだという説もありましてねえ。もちろん、鎮《しず》めようとした意図もあるのでしょうね。提波郷には香嶌神社がやたらたくさんあったのですよ」

「ここから先は危険、ってことか。昔の人は知ってたってんだな。曽祖母が妖怪を見たっていうのもこの辺だし」

百瀬の指がさしているのはだいばセントラルの南の宇宙センターのあるあたりだった。ピンク色の丸シールが何枚か貼られている。

「千現《せんげん》地区ですね。今も目撃情報が多い場所ですよ」

そう言いながら笠間さんは小さなピンクのシールをもう一枚そこに貼り付けた。黄色い星を結んだ線の内側だった。

「《事象》が発生するのはこの内側だけですし、実体化しているイミさんもこの線を越えられないんです。テンポラリーもエクステンデッドも」

あ……昨日、メープル通りで言ってたやつだ。テンポラリーとエクステンデッド。

「あの、その二種類の違いはなんですか」

「説明していませんでしたっけ。テンポラリー・ゲスト、エクステンデッド・ゲストの略でしてね。ごく短時間だけ実体化して消えてしまうイミさんはテンポラリーと呼んでるんですよ。数分から三週間までがテンポラリーです」

「じゃ、エクステンデッドは拡張版か？」

「はい、百瀬さん。その通り。エクステンデッド・ゲストで長期滞在者のことです。まあ、ほとんどは短期滞在者《テンポラリー》なんですけれどね」

「長期ってどれくらいなんですか」

「そうですねえ、三週間以上、数百年というところでしょうか」

「数百年？　それだけ生きているということですか？」

「彼らはこの世界とは違う法則で生きているんですよ。現在滞在が確認できている最古の『イミさん』は江戸の頃にこちらに来てますからね。スーパー・エクステンデッドです」

百瀬がうへえ、という声を立てた。

「そいつって、いわゆる妖怪なんですか……？」

「以前はそう呼ばれていたようですね。過去には荒れていた時期もあったそうですが、今は落ち着いてますから大丈夫ですよ」

遠流は地図に貼られた黄色い星を眺めた。

地図の一番上の方にある提波山の二つの頂上に一つずつ。

あとは右側と左側にそれぞれ三、四個ずつの黄色い星が市の南部まで続いている。

南北に約二〇キロ、東西に六、七キロくらいの帯のようなエリアだ。だいば駅前のだいばセントラルを含む地域で、エキスポランドも提波大学もその中に収まっている。

この細長いエリアの外に出られないのか……。

自分が生まれた世界に戻れず、知らない世界で狭い土地に閉じこめられて過ごすなんて。

自分だったら、とても耐えられそうになかった。絶望で荒れたとしても不思議じゃない。まあ、自分は何百年も生きないだろうけど……。

思わずアンリの方を見た。

本人はそんなに帰りたくもないと言っていたけれど、本心はどうなんだろうか。会いたい人はいないのだろうか……。

「トール。ボクは別に帰りたいなんて言ってないじゃない」

「えっ……僕は何も……」

「トールは、そういう目で見ていたよう。ボクのこと可哀想《かわいそう》な子みたいに」

「ご、ごめん……」

無神経だった。本人が一番よく分かっているはずなのに……。

「あー。ちがうんだよ。見るのはぜんぜんかまわないの。でも同情心は態度でしめしてほしいかなあって。『黄金ささみ』を持ってくるとか、あるじゃない？」

「こ……こんど持ってきます……」

「わーい。やくそく」

泉原さんがちらりとこちらを見た。

「……アンリは、ねだるのが上手《うま》いの」

あ。なるほど。さっきの「約束の」ってそういうことか。

「ホントにここは好きなんだよ。美味しいものがいっぱいあるし、『猫耳少女☆ミラクルみーにゃん』も見られるしねえ」

百瀬は目を丸くした。

「おまえ、『みーにゃん』のファンなのか」

「そうだよ。『みーにゃん』は最高。でも、もっと最高なのはデスキャットだけどさあ」

「ヴィランかよ。玄人《くろうと》好みだな。普通なら『みーにゃん』か『ぶっちー』だぞ」

「えー、デスキャットの良さがわからないなんて、にわかなんじゃないの？」

デスキャットとは『みーにゃん』に出てくる悪役《ヴィラン》らしい。

「デスキャットのグッズならたぶん余ってるぞ。みーにゃん好きな奴を知ってるが、デスキャットばかり出ると愚痴《ぐち》ってたから。いつになるか分からないけど、そいつに会ったら貰ってこようか？」

「ホント？　わーい。コータロー、だいすき」

「現金な奴だなあ」

「だって、猫だもの」

と、泉原さん。確かにそうだ。

そのときアンリが不意に顔を上げて首をくるりと回した。

「あ。あっくんがきたよ」

「あっくん、って誰ですか……？」

「ああ、八乙女さんのことですよ。名前が敦《あつし》なので」

ほんわりした顔でお茶を啜《すす》っていた笠間さんがそう言った途端、ドアが開いて本当に八乙女課長が入ってきた。

「ああ、君ら。来ていたか」

その顔を見て、百瀬がぶっ、とふきだす。

「……なんだ？　君、私の顔に何かついているかね？」

「い、いえ！　何でもありません！」

百瀬は笑いの発作《ほっさ》を抑《おさ》えこもうとふるふる震えている。遠流も笑いをかみ殺した。

『あっくん』。強面《こわもて》の八乙女課長もアンリにかかってはかたなしだ。

八乙女課長は眉《まゆ》を吊り上げてこちらをじろりと睨《にら》んだが、そのまま話し続けた。

「君らのことは砺波局長に報告して承認を得た。所属はサマーズ博士の助手扱いだが、仕事内容は調査員、つまり笠間君の下で働いてもらう」

「ありがとうございます！」

「笠間君、彼らに《事象》と異世界イミグラントの関係について説明したか？」

「はい、一通りお話ししましたよ。結界の仕組みも含めて」

「よし。二人ともついてこい。君らに見ておいて貰わなければならないものがある」

3　初出動

エキスポランド展示棟《とう》の奥まった場所にある『スタッフオンリー』の貼り紙のしてあるエレベーターホールから地下に降りるには二種類の鍵《かぎ》が必要だった。まずエレベーターの扉の鍵、それから存在しないはずの地階表示を有効にするためにまた別の鍵。どちらも八《や》乙女《おとめ》課長が持っていた。

「エキスポランドにこんな地下スペースがあるなんて知りませんでした……」

「一般には秘密だ。くれぐれも口外しないように」

遠流《とおる》は百瀬《ももせ》と顔を見合わせた。エレベーターは吸い込まれるように地下深くに降りていく。随分《ずいぶん》長く感じた降下は、Ｂ４の表示を示してやっと止まった。

間接照明の薄暗い廊下は、少し気味悪い。

「ここは、何なんですか……」

「異世界イミグラントの収容施設だ。実体化した異世界イミグラントを発見したらとりあえず保護してここに収容する」

「閉じこめてるんですか……?」

「保護しているんだ。彼らと、我々の双方を」

八乙女課長は足早に最初の部屋に入っていった。そこは、一見すると水族館みたいだった。天井《てんじょう》まで届く硝子《ガラス》ケースが部屋の半分を占めている。

「ここは基本的には保安課の管轄《かんかつ》だから君らがここの作業をする必要はない。だが、共生推進課で仕事をするのならここのことも知っておいて貰《もら》わねばならない」

硝子の表面はレース細工みたいな白い氷の結晶でびっしり覆《おお》われていた。霜《しも》でよく見えないけれど、硝子ケースの中に何かいる。白くて、大きな何か。

八乙女課長は霜の貼り付いたケースに近寄り、コンコンと硝子を叩《たた》いてからマイクロフォンに向かって話し掛けた。

「私だ。調子はどうだ?」

マイクロフォンから返事が聞こえてきた。

「〝まあまあだ。だが、まだ暑い。もっと涼しくできないのか〟」

「善処《ぜんしょ》する」

「〝蒸し暑くてよく眠れん〟」

ケース内部の温度計の表示は、マイナス三十一度だ。

課長はマイクロフォンのスイッチを切り、こちらを振り向いた。

「彼は、イエティだ。マイナス三〇度以下でないと快適に過ごせない」

「イエティって、いわゆる雪男……？」

「そうも呼ばれている」

「ひゃあ……雪男！」

百瀬は霜に覆われた硝子ケースに貼り付くように中を覗《のぞ》き込んだ。

「やめろ。見せ物じゃない」

「す、済みませんっ！」

慌《あわ》ててケースを離れた百瀬はぺこりと頭を下げた。八乙女課長はそのまますたすたと歩いていく。二人とも置いていかれそうになって慌てて追いかけると、次の部屋には硝子ケースはなく、その代わりデスクの上に大きなドールハウスが置かれていた。

八乙女課長は屈《かが》みこんでドールハウスの呼び鈴《りん》を押した。

ドールハウスのドアが開き、中から人形――ではない小さな男性が顔を出す。

「私だ。調子はどうだ？」

「はあ。お陰様でみな元気にやっとります。ですが……」

「なんだ？」

「食事が単調で、不満がでとります」

「善処しよう」

「よろしくお頼み申します。食べるくらいしか楽しみがありませんもんで」

遠流と百瀬は課長の後ろに隠れるようにしてドールハウスの住人を眺めた。身長は二十センチくらい。着ている服は和服に似ているけど少し違うような感じがする。

「君らがはやく故郷に帰れるよう祈っている」

ドールハウスを後にして次の部屋に移動しながらおずおずと尋《たず》ねた。

「あの……今の小さな人たちは何なんですか……？」

「彼らはコロポックルだ」

「北海道の小さい人伝説の……」

「君は詳しいな」

「あ……母が……」

「ああ、民俗学者の貝ノ目春子《かいのめはるこ》だったな」

母の名前をなんで知ってるんだろう、とふと疑問に思った。サマーズ博士から聞いたのかも知れない。父と昵懇《じっこん》なら母のことも知っているはずだ。

それからいくつかの小部屋を回った。硝子でしきられた部屋にいる収容者は人間に似た者もいたし、全く似ていない者もいた。

ひとつの水槽の前を通りかかったとき、中にいる何かがいきなり八乙女課長めがけて飛びかかってきた。そのまま硝子の壁にぶつかって銀灰色《ぎんかいしょく》の餅《もち》みたいにべったりと貼りつき、横長の瞳孔《どうこう》のある大目玉でぎろりとこちらを睨《にら》みつける。

「な……なんですか、今の……」

「あれはウェールズの伝承にある『水の飛び手』という妖精だと考えられている。どうやら私のことが嫌いらしい」

「あれが妖精？　可愛げのかけらもないな」

『水の飛び手』はぎいぎい叫び声をあげながら水槽の壁から壁へと跳び回っている。その姿は翼のある巨大蛙《がえる》という感じで、確かにひどく気味悪かった。

「こんなのも『イミさん』なんですか……」

「そうだ。異次元世界から来るのは人型の異世界イミグラントだけではない。中には危険なものもいる。人型でもな。だからこの施設が必要だったんだ。それでも多元連携局で働くという気持ちに変わりはないか？」

どうやら八乙女課長が自分たちをここに連れてきたのは、覚悟を試そうということらしい。たぶん、まだ自分と百瀬が局に入るのを快《こころよ》く思っていないのだろう。

だけど、現実にこうして妖怪——妖精が存在しているのを見て、ますます知りたくなった。彼らはどこから来たのか。なぜ自分は《事象》をしばしば視《み》てしまうのか。

それを知らなければ本当の自分を見つけられない気がした。

「僕は、ここで働きます。こっちの担当になったとしても」

「俺の気持ちも変わりません。こんなのが実体化してるんなら、あの角のある馬だって実体になるかもしれない」

と、百瀬。

「あとで後悔しても知らんからな」

「俺は、後悔しません」

課長は眉《まゆ》を吊り上げ、ふん、と息を吐いた。

「アンリもここにいたんですか」

「ああ。保護されてしばらくの間ここで暮らしていた」

「そのあと共生推進課のアドバイザーになったということですか」

「そうだ。彼はなんというか、協力的だったのでね。完全人型《ヒトガタ》の異世界イミグラントを見分けられるという触れ込みは口からでまかせだったようだが」

　昨日、メープル通りで遭遇したときアンリの発言のせいでイミさんと間違われ、自分もここに連れてこられるところだったのだ。

「なぜ短期滞在者と長期滞在者がいるのかはまだよく分かっていないが、接触した異次元世界が近くにある間はなんらかの切っ掛けで戻ることがある。それが短期滞在者《テンポラリー》だと考えられている。戻る、戻らないの目安が三週間だ」

「三週間以内なら、戻れる可能性があるんですね」

「そうだ。逆にいうと、三週間を超えたら戻る可能性は少なくなる。だから人型で三週間を超えても戻らない者は適応教育を受けさせる。生活できる目処《めど》がたったら試験的に外で暮らしてもらう。アンリの場合は適応力が高かったからすぐ外住みになったが、そうでない者もいる」

「それじゃ、アンリ以外にも外で暮らしているイミさんがいるんですね」

「……ああ」

　八乙女課長の眉間《みけん》には深いしわが寄っている。それも胃が痛くなるような事案なんだろうと思う。

　この組織は何のために作られ、どういうふうに運営されているのだろうか。多元連携局という名称はなんだかよく分からない。

モンスターとも呼べるようなイミさんがいるわけだから、そういった存在からだいぶ市の住人を守るというのはあるだろうけれど。でも、それだけではない気がする。その中で、共生推進課というのはどういう部署なんだろう。

「仕事に慣れてきたら君たちにも巡回訪問業務をやってもらうことになる」

そこまで言いかけたとき、携帯が鳴った。八乙女課長のだ。

「……私だ。うむ。分かった。すぐ調査班を向かわせる」

◆◆◆

改造ワゴン車を運転するのは、笠間《かさま》さんだった。後ろの座席には泉原《いずはら》さん、アンリ、百瀬、そして遠流。

「貝ノ目さんと百瀬さんは今日はとにかく仕事を覚えるつもりで、肩の力を抜いていって下さいね」

「はい！」

思い切り肩に力が入った返事に、ルームミラーの中の笠間さんが苦笑した。

力を入れるなと言われたって無理だ。百瀬も自分も初めての出動なのだから。

サマーズ博士の異次元レーダーが異次元の接近を捉《とら》えたのだ。だいぶ市内で《事象》が発生する可能性が高い。

改造ワゴン車は市街地を外れ、郊外の研究団地エリアに入った。この通りは通称サイエンス大通りと呼ばれ、緑の中に製薬会社や化学関連企業の研究施設が点在している。サイエンス大通りをしばらく走ると、左手に科学万博記念公園のモニュメント『科学の門』が見えてきた。高さ十メートル、銀色の鏡面《きょうめん》仕上げに輝く巨大金属オブジェだ。

「異次元接触が起きているのは万博記念公園の中なんですか」

「そうみたいですね。暗くなる前に捕捉できるといいのですが」

カーナビのモニターに重ね合わせたレーダーを確認した。公園北側入り口に立つ『科学の門』のあたりから薄赤くぼうっとした表示が光っている。

「《事象》発生が予想されますから、三人とも腕時計の時間を合わせておいて下さい」

「はい！」

笠間さんはベルトにウォーキートーキーを装着した。《事象》発生域に入るとすぐ通じなくなる携帯電話より影響を受けにくいのだという。

「さ、準備はいいですね？　それでは、行きましょう」

灰色のコンクリート・タイルで舗装《ほそう》された公園アプローチはひたすらだだっ広く、十数メートルごとに植えられた街路樹が所在なげに見えた。その街路樹を見下ろすようにそびえ立つ『科学の門』には茜《あかね》色の光をはらんだ雲が映り込んでいる。見る方向によってアルキメデス、ガリレイ、ニュートン、エジソンの顔に見えるという『科学の門』の空中彫刻の下をくぐって公園内に入った。

「それじゃ、《事象》探査装置のスイッチをオンにして下さい」

「はい！」

ラッパ形をした《事象》探査装置を片手で構え、公園アプローチのコンクリート・タイルの上をおっかなびっくり歩く。なだらかな石段を下りていくと、巨大クレーターのようなすり鉢《ばち》状の窪《くぼ》地が広がっていた。

「何なんですか、ここ……」

「ここは科学万博当時のメインパヴィリオンの跡地ですよ。開会式や閉会式が行われた場所なんです。万博後、円形パヴィリオンを取り払って芝生にしただけなのでこんな地形なんですよ」

円形の窪地は外周の土手までいれると径二百メートルくらいあり、すり鉢の底に遊具などは何もなかった。窪地の外側はぐるりと杉林で囲まれていて、その先に何があるのかは見えない。

「なんだか殺風景なところですね……」

「この円形広場は使い道がないので放置されていましてね。林の向こうに本当の公園があるんです。人工湖のほとりに植えた桜が育って、今では桜の名所になってるんですよ。家族連れにも人気です。テニスコートやアヤメ園もありますからね」

「ああ、そのテニスコートは市営で安いから、俺は何度か来たことがありますよ。ネットで予約できるんだ」

　スポーツの苦手な遠流にはあまり縁のない世界だ。

　泉原さんはラッパ形の《事象》探査装置を円形広場の外周に向けた。

「反応、出ません……」

「レーダーでは確かにこの辺なんですけどねえ。三人で固まってないで、散って、反応を見て、ちょっとでも強い方にラッパの先端を向けて」

　笠間さんは改造ワゴン車から外してきたモニターを確認している。

「この公園は結界にかかっているのでアンリは気をつけて下さいね。円形広場の南西の端を境界線が通ってます。越えたら、また町のまんなかまで跳ばされますからね」

「だいじょうぶ。結界がどこかくらい、わかってるよう」

　アンリは探査装置は持たず、着流し姿で円形広場の縁《へり》をふらふら歩いていた。白い髪、アンティーク着物にサンダル履《ば》き。怪《あや》しいことおびただしく、あまり一緒に街を歩きたくはない風体《ふうてい》だ。尤《もっと》も、ラッパ形の探査装置を構えて歩き回っている自分もかなり恥ずかしい。円形広場に誰も人がいなくてよかった。

その怪しい探査装置には、今のところなんの反応もなかった。探査装置の先端を斜め下に向け、ゆっくり大きく左右に振りながら歩く。

（ああ、こんなところを人に見られたら厭《いや》だなあ……）

そう思ったとき、不意にあたりがすっ、と薄暗くなってきた。

あれ？　日没にはまだ少しある筈《はず》なのに……。

「百瀬、なんか暗くなってきたみたいだけど……」

返事はない。

「も……百瀬？」

周囲を見渡す。

いない。百瀬も、泉原さんも、アンリも、笠間さんも。

もう一度、その場でぐるりと回転して三百六十度を見渡した。

何もない。

円形広場も、『科学の門』も、広場を囲む緑の木立も。

その代わり、どこまでも茫々《ぼうぼう》とした葦原《あしはら》が広がっていた。生暖かい風が頬《ほお》を撫《な》で、葦原の背の高い草がゆらゆらと揺れる。

足が震える。

（どういうこと……）

これが《事象》の中なのだとして、どうして自分だけなんだ……？　メープル通りでは、近くにいた百瀬も一緒に《事象》の中に入ったのに……？

「百瀬！　泉原さん！　アンリ！　笠間さん……！」

返事はない。誰もいない。何もない。自分は、ひとりだ。

汗がちりちりと肌を刺す。

みんなはどこにいったんだ……？　本当に、これは《事象》なのか……？　やっぱり、これは《事象》なんかじゃなくて、自分の頭の中で起きている幻覚なのでは……？

パニックになりかけているのが自分で分かるけれど、どうにもできない。

闇雲《やみくも》に走り出したい衝動に駆られた。走って逃げたい。ここから。どこにでもいいから逃げ出したい……！

落ち着け、落ち着くんだ……！

走っても無駄なのは分かっている。子供のときから、何度も走って逃げようとしたのだ。

でも、逃げようと逃げまいと同じだった。走ってもどこにも行けやしない。『あれ』が続いている限りは。下手《へた》に走ったりしない方がいいんだ。

目を閉じて深呼吸した。

これが『あれ』ならじきに収まる。落ち着け、落ち着け……。

不意に、誰かに肩をつかまれて跳び上がりそうになった。

「おい、貝ノ目！」

「あ……百瀬……？」

目の前に、百瀬がいた。あたりは円形広場で、向こうに『科学の門』が見える。

「どうしたんだ、ぼーっとして」

「ああ……なんでもない……」

安堵《あんど》のあまり腰が砕けそうだった。戻った……戻ってこれた……。

「百瀬、僕はずっとここにいた……？」

「なに言ってんだ？　もちろんいたさ、心ここにあらずって感じだったが」

身体《からだ》はここにあったんだ……。子供の頃と同じ……。

やはり、《事象》とは関係なく自分の中で起きていることなんだろうか……。

（あっ、そうだ……！）

今のが《事象》だったのかどうか確かめる方法がひとつだけある。

「百瀬、腕時計、見せて！」

「なんだよ」

百瀬のと自分のと、二つの時計の長針《ちょうしん》が指す位置をじっと見比べる。自分の時計の方が、一目盛り分ほど遅れているように見えた。

「僕の方、遅れてるよね……？」

「遅れてるな。さっき合わせたばっかりなのに。機械式ってこんなものなのかな」

そうじゃない。この時計は、自分と一緒に向こう側に行って帰ってきたのだ。向こうとこちらの時間の流れの違いが百瀬の時計と自分の時計の表示の差になったのだ。

自分は、確かに《事象》の影響下にいたのだ。

ふーっ、と息を吐いた。どうしてそうなるのか分からないけど、そういうことが起きていると分かっただけで大収穫だ。

《事象》探査装置がビープ音を発した。

「反応、出始めました……！　凄《すご》い強いです」

さっきまでぴくとも動かなかったゲージが激しく動いている。

「これ、どういうこと？」

「異次元世界がすごく接近している、っていうこと」

生暖かい風が吹いてくる。円形広場の景色が薄れ、丈《たけ》の高い葦が風にそよぎ始めた。

さっきの場所だ。またここに繋《つな》がったんだ。

でも、さっき視たときはなんで探査装置に反応が出なかったんだろう……？

もしかして、サマーズ博士の探査装置よりも自分の感覚の方が鋭敏だったりするのだろうか。

「なんだここは？　公園じゃないぞ……」

「百瀬にも葦原が視えてる？」

「ああ！　すげえだだっ広いな。草ばっかりだ」

葦原には、泉原さん、笠間さん、それにアンリもいた。みんな驚いた顔で三百六十度パノラマを見渡している。

「これって、あの霧《きり》の中に入ったのとおんなじ現象か……」

「うん、そうだと思う」

「いやあ、非常にクリアですね。異次元世界の風景をこんなにはっきり視認したのは初めてですよ。きっといいデータがとれます」

笠間さんは嬉《うれ》しそうに《事象》探査装置を動かしてあたりを測定している。

アンリも嬉しそうだ。

「わーお。風がいい匂《にお》い」

「ここ、アンリの故郷なの……？」

「ううん、ちがうと思うよ。でも匂いはいいかんじー」

足元の地面は湿っぽく、足元には水があがっている。それでも足は濡れない。この水も葦も見えているだけで本当にはこちらに来ていない『パッサバイ』なのだ。

泉原さんは頭をかるく上げて風に靡《なび》く葦原をじっと眺めている。

「こんなに広いのに何もいない……」

「うん、寂《さび》しいところだね」

「でも、奇麗……」

そう言って、また葦原に視線を戻した。

泉原さんは、どうして共生推進課でバイトしているんだろう。あのエキスポランドの地下の収容施設を泉原さんも見たんだろうか。訊《き》きたいと思ったけれど、今は仕事中だしそういう場合じゃないのでやっぱり止《や》めておくことにした。

アンリの白い髪からピン！　と三角の耳が飛び出した。

「……なにかくるよ」

「なにかって何？」

「うーん。わからないけど、すごく大きいなにか」

「どっちだ？　俺、視力２．０だからな」

百瀬はアンリが指さす方に目を凝《こ》らした。

「ほんとだ。何かが動いてる……人間みたいだが……変だな」

「変って何が？」

「地平線の近くなんだ。俺の目でもあの距離にいる人間が見えるもんかな……」

遠流も目を凝らした。ごく小さな人型《ヒトガタ》のシルエットが見えた。それが動いている。動いて近づいてくる。その速度が、妙に速い。

泉原さんがぽつりと呟いた。

「あたしにも見える……視力よくないのに……」

シルエットは、明らかに人間のものだ。

だが、縮尺が狂っている。

大きい。とにかく大きい。比べるもののない葦原の中でどれくらいの大きさであるのかはっきりとは分からないが、人間サイズでないのは確かだ。

重い足音が空気を伝わってくる。

ずん……ずん……ずん……ずん……。

そのテンポはひどくゆっくりであるにも拘《かか》わらず、人型は見る間に大きくなった。

「巨人……」

灰色の空を背景に蓬髪《ほうはつ》の巨大な人の姿がくっきりと浮かび上がる。

まさに巨人だ。

「ダイダラボッチ……あれは、ダイダラボッチじゃないかと思います！」

泉原さんの声は弾《はず》んでいる。百瀬が怪訝《けげん》な顔で訊いた。

「だいば市のゆるキャラのボッチくんのことか？」

「逆です、ボッチくんがダイダラボッチのゆるキャラなの！」

「だからダイダラボッチって何……？」

「百瀬、ダイダラボッチは日本の巨人伝説だよ。富士山に座って駿河湾《するがわん》で手を洗うとか」

「そんな感じですねえ。日本各地に残ってます。このあたりにも、小指一本で湖を掘ったという伝説がありましてね」

「そりゃ、でかすぎだ！　いくらなんでもそこまで大きくないだろ……」

もちろん伝説には尾ひれがつきもので、だんだん大げさになる。それでも、ダイダラボッチは大きかった。樹木のない葦原で、その姿は山のようだった。

その山が動いている。地響きとともに。

ダイダラボッチは大きな影を落とし、ゆったりと葦原を往《ゆ》く。

一歩。一歩。一歩。その巨大な足が下ろされる一歩ごとに、それまで何もいないように思われた草の中から黒い鳥の群れが一斉に飛び立ち、薄黒い雲になってダイダラボッチの頭の周りを飛び回った。

百瀬がぽつりと呟《つぶや》いた。

「あれ、《通りすがり《パッサバイ》》だから大丈夫なんだよな……あの馬のときみたいに」

そうだ……ユニコーンの群れはぶつかってすり抜けていったんだっけ。

ダイダラボッチは、もう間近まで来ていた。脚一本でも大木のようだ。その大木のような脚が、音を立てて湿った地面に深くめり込み、ゆっくりと引き抜かれ、またのめり込む。

遠流は葦原を横切っていくダイダラボッチを見上げた。こちらの存在は見えていないのだろう。風を切り、悠々《ゆうゆう》と歩を進めていく。頭は遥《はる》か上にあり、顔はよく分からなかった。

「事象反応、減衰《げんすい》……収束に向かっています」

笠間さんの声。

風に靡く葦原が薄れていく。それと入れ替わるように円形広場のスポーツ刈りの芝生と、公園の南側との境界の植栽帯《しょくさいたい》の木々がどんどん濃く見えてくる。

「えーと、こちら笠間です。十八時二十二分、万博記念公園の事象、収束を確認しました。今までで最大規模です。良いデータが取れたと思いますよ」

笠間さんはウォーキートーキーに向かって話している。相手はたぶんサマーズ博士だ。百瀬も泉原さんもアンリも、一緒に戻っている。

「……終わっちゃった……こんなにはっきり見えたの、初めてだったのに……」

泉原さんがふうっ、と溜《た》め息《いき》をつく。ものすごく、悲しげに。

何か言わなければいけない気がした。

「ええと……ダイダラボッチって、常陸国風土記《ひたちのくにふどき》にも記述があるんだよね。大串貝塚《おおぐしかいづか》はダイダラボッチが貝を食べた跡だとか」

泉原さんは吃驚《びっくり》した顔でこちらを見つめている。

「うん……そう」

「ダイダラボッチ、凄かったよね」

「……凄かった」

俯《うつむ》き加減にそう言うと、泉原さんは頰を染めて小さく笑った。母の蔵書《ぞうしょ》で常陸国風土記を読んでおいてよかったと思った。

笠間さんはまだウォーキートーキーで話している。

「……ええ、巨人の《通《パ》り《ッ》す《サ》が《バ》り《イ》》でした。全員が視認してます」

そのときだった。

杭打《くい う》ち機のような音がずしんと響いた。

「な……なに？」

まさか……。振り返るのが怖い。だが、振り返らずにはいられなかった。

北を――公園の入り口の方を振り返る。

ぽかんと口が開いた。見上げたら、そうなってしまったのだ。それくらい、大きかった。『科学の門』と並ぶようにして巨人が立っている。その頭は、高さ十メートルの『科学の門』の天辺《てっぺん》よりもずっと上にあった。

ダイダラボッチ……！　こっち側で実体化したんだ……！

「……こちら笠間です、訂正《ていせい》します。巨人は『イミさん』です。パッサバイじゃありません！　繰り返します、巨人が『イミさん』化しました……！」

笠間さんはウォーキートーキーに向かっていつにない早口で喋《しゃべ》っている。笠間さんの焦《あせ》った声を聞くのは、初めてだ。

「短期滞在者か長期滞在者か不明ですが巨人が実体化してます！　至急、対策班の出動を要請《ようせい》します……！」

ダイダラボッチは腰を低くかがめて『科学の門』を眺めている。

いや、そうじゃない。金属の鏡面仕上げに映り込んだ自分を見ているんだ……！

しばらくそうやって眺めていたダイダラボッチは何かを確かめるようにその巨大な掌《てのひら》で『科学の門』の金属面に触れ、吃驚したように手を引っ込めた。

おおお……ん……おおお……ん……おおおお………。

低いサイレンのような音が頭上から降ってくる。ダイダラボッチの声なのか……？

泉原さんがぽつりと呟く。

「悲しそう……」

空気を震わせる声は、確かに悲しげに聞こえた。

それからダイダラボッチは円形広場の方に——つまりこちらに向かって歩き出した。街路樹の間を縫《ぬ》うようにしてコンクリートのアプローチを通り抜け、円形広場の短く刈り込まれた芝生に足を下ろす。

ずん！　と地面が揺れた。

笠間さんが上を向き、手をメガホンにして大声で叫んだ。

「えーと、聞こえますかー？　私の言うことが分かりますかー？」

ダイダラボッチの歩みが止まった。

首を傾げ、足元の笠間さんの方を訝《いぶか》しげに見る。

「わ・た・し・の・い・う・こ・と・が、分かり・ますかあああー⁉」

おおおおおおおおお……！

巨木のような脚がゆっくり持ち上がり、笠間さんの方に向かって下ろされる。笠間さんはそれをただ呆然《ぼうぜん》と見上げている。

百瀬が怒鳴った。

「危ない、逃げろ！」

笠間さんはハッとしたようにダイダラボッチの進行方向と直角によたよたと走り出した。逃げる笠間さんの近くの地面に巨大な足が地響きをたててめりこむ。笠間さんは、その場にぺったり座り込んだ。

「笠間さん！　大丈夫ですか！」

「は……はい。おかげさまで……」

百瀬が走ってきて座り込んだままの笠間さんを助け起こす。

ダイダラボッチはたった数歩ですり鉢の底に到達した。そのまま円形広場の左手を目指して歩いていく。

泉原さんはダイダラボッチの歩みをじっと見つめている。

「あっち側に……杉林の向こうに行きたいんだと思う」

「あっち側、この季節だと絶対まだ人がいるぞ」

「ああ、それは拙《まず》いです……非常に拙い……」

笠間さんは震える手でウォーキートーキーを握りしめた。

「こ、こちら笠間！　一般市民の被害の可能性ありです！　対策班はいつごろ到着……えっ、まだ……⁉」

ずん……ずん……ずん……。

ダイダラボッチの歩みはゆっくりだが、歩幅が数メートルある。あとちょっとですり鉢の端まで到達してしまう。

「ええとさ。あいつを足止めすればいいの？」

アンリだ。サンダルを脱いで裸足《はだし》になっている。

「はい、そうです！　対策班が来るまでなんとか……」

「んー、やってみてもいいよ。『黄金ささみ』一年分で手を打つけど、どう？」

「おまけに『にゅーる』もつけますよ！」

「それいいねー、乗った！」

アンリはいきなり帯を解き、着流しの着物をはらりと脱いで威勢《いせい》よく投げ捨てた。

「いくよ――――!」

投げ上げられた着物が一瞬視界を遮《さえぎ》り、芝生の地面に落ちる。そのときには、アンリの姿はどこにも見当たらなかった。その代わり、猫に似た真っ白な獣《けもの》が緑の芝の上を流れるように走っていくのが見えた。

(ええっ!)

あの猫みたいな獣は、アンリなのか……⁉

大きさは豹《ひょう》ほどもあるが、身体を覆うふささふさとした毛や、太い尾や、がっしりした四肢《し》は豹というよりは大山猫に似ていた。

百瀬は呆然とアンリの大山猫を眺めている。

「……あいつ、やっぱり化け猫なんじゃないか……」

「猫人だってば!　いまは猫率百%の状態なだけ」

と、泉原さん。

驚いた……。

猫っぽいとは思ってたけど、あそこまで全面的に猫だったなんて……。

だけど、いったいどうやってダイダラボッチを足止めするつもりなんだ?

アンリの大山猫がダイダラボッチの前に飛び出す。ダイダラボッチが怒ったような音を発し、大山猫の方に向けて巨大な足を持ち上げる。

「危ない！」

次の瞬間、大山猫はするりと身をかわした。

今度はダイダラボッチの足の間を無限大マークのようにくるくる走り抜ける。

大山猫はダイダラボッチをからかうように逃げては立ち止まる。ダイダラボッチが大山猫を追う。大山猫が逃げる。その繰り返しで、はじめは広場の左手に向かっていたダイダラボッチがいつの間にか右手に向かっていた。

とりあえずアヤメ園の方向からは逸《そ》れたわけだけど、そっちには何が——。

（あっ！）

——円形広場の南西の端を境界線が通ってます。越えたら、また町のまんなかまで跳ばされますからね——

こちらからみて円形広場の右手は、南西だ。

アンリの大山猫はその結界の通っている円形広場の南西の端まで来ていた。

その場所で、二本脚で立ちあがって猫じゃ猫じゃを踊り始めた。なんというか、これ以上相手を馬鹿にするのは不可能というくらいの馬鹿にした態度だ。

ダイダラボッチは踊る大山猫を足蹴《あしげ》にする体勢で片足を高く持ち上げる。ぎりぎりまで引きつけた大山猫はパッと体勢を低くし、白い流れのようにその足の下をかい潜《くぐ》った。

目標を見失ったまま蹴り出されたダイダラボッチの足先が、切り取られたみたいに消えた。まるで目に見えない水面に突っ込んだみたいに。

足先が結界を越えたのだ。

続いてダイダラボッチの巨体が消失した。

「やった！　あいつ、やりやがった！」

百瀬が小躍《こおど》りした。

あれ？　だけど、結界を越えたら最初に実体化した場所に跳ばされるんじゃなかったっけ……？　最初に実体化した場所って……。

後ろを振り返る。

円形広場の向こう、『科学の門』の脇《わき》に、ダイダラボッチが立っていた。

「これじゃ、振り出しに戻っただけじゃ……」

「いえ、でも時間は稼《かせ》げましたから、アンリは大手柄《おおてがら》です」

サイエンス大通りを走ってきた三台の大型車両が『科学の門』の前で停《と》まった。

「着きましたよ。保安課の異世界イミグラント対策班です」

三台の大型車両のうち一台は装甲つき小型バスだが、もう二台は明らかに改造特殊車両だった。カブトムシのような車両とクレーン車のような車両だ。

「あんな車、公道を走っていいのか……？」

「だいば市内は大丈夫なんですよ。ここは科学技術特区なので規制が緩《ゆる》いんです。多元連携局はいくつか権限を付与《ふよ》されていますが、だいば市内に限定されているんですよ」

なるほど。『イミさん』は結界から出られないから、市内だけを走ればいいわけか。

装甲つき小型バスから制服の隊員数人が素早く降りてくる。クレーン車に似た方の特殊車両がアウトリガーを張り出し、車体をアプローチのコンクリート・タイルに固定した。

「どうするんですか……」

「まず、捕獲を試みます」

笠間さんはいつになく険しい顔で言った。

「これは覚えておいて下さい。イミさんの分類方法はいろいろありますが、私たちの仕事の上では二種類の分類しかありません。話が通じる相手と、通じない相手です」

「話が通じる……」

そういえば、メープル通りでイミさんと間違われたときそう言われたのだ。ええ、問題ありません、話は通じます、と。

「大型異世界イミグラントでも、話が通じる相手ならなんとかなるんですよ。大型動物のための施設に収容することもできますしね。言葉が通じなくても対話の意思があればなんとかなります。ただ、このダイダラボッチの場合は、難しいかもしれません。大き過ぎて収容自体が困難ですし、対話を拒否していますから」

「そういうときはどうするんですか……？」

「完全無力化することになります。つまり殺処分《さつしょぶん》です」

そんな……。

特殊車両の上部に折り畳《たた》まれていたクレーンに似た部分が油圧でみるみるジャッキアップしてダイダラボッチよりも高くなった。

「発射！」

クレーンに似た部分の先端から、大きな音とともに何かが打ち出された。

ネットだ。ネットは次々発射され、そのうち幾つかがまともに命中してダイダラボッチに覆いかぶさった。

おおお……ん……。

ネットがダイダラボッチに絡《から》まる。

ダイダラボッチはネットを払いのけようと腕を大きく動かしたが、動けば動くほどますます絡みついて身動きが取れなくなっていく。ネットは何か強靭《きょうじん》な繊維で造られていて、ダイダラボッチの力でも引きちぎれない。

おおおお……おおおお……おおおお……。

こんなのは厭だ……。

鏡面に映った自分の姿を見たダイダラボッチの悲しげな声を思い出した。

ダイダラボッチはたまたまこの世界に迷いこんだだけなのに、どうして殺されなければならないんだ。

殺すなんて。自分たちの手に負えないから殺すなんて。

もう一台の、カブトムシに似た特殊車両が前進し、ダイダラボッチに近づく。

「無力化装置、発射用意！」

百瀬が地団駄を踏む。

「いきなり撃つ気かよ！　向こうへ返すとかしないのか⁉」

「《事象》が収束していますからねえ。収束後もまだ異次元接近は続いている筈なので再び道が開く可能性はあるのですが」

「無駄。あのひとたち、あの新兵器を試したくて仕方がないの」

八乙女課長に地下の収容施設を見せられてこの組織で働く覚悟があるか聞かれたとき、いろいろあるだろうとは思った。だけど、こんなことは想像しなかった。

多元連携局がこんな組織だったなんて……だけど、そこに入ろうと決めたのは自分なんだ。自分の勝手な都合だ。多元連携局も厭だが、そんな自分も厭だ。

笠間さんが車から外して持ってきたカーナビ型の異次元レーダーには、異次元世界の接近を示す薄赤い色が光っている。

（……あの世界は接近したまま……まだ近くにあるんだ……）

八乙女課長の言葉が脳裏《のうり》を過《よぎ》る。

――異次元世界が近くにある間はなんらかの切っ掛けで戻ることが……それが短期滞在者《テンポラリー》だと――

おおおん……おおおおん……おおおおお……。

「発射！」

厭だ……厭だ……厭だ……やめろ……！

突然、生暖かい風が吹いてきた。『科学の門』も石段も周囲の立ち木も薄れ、入れ替わるようにあたり一面に風に靡く葦原が広がる。

探査装置のビープ音が鳴り響く。笠間さんの、呆然とした声。

「《事象》の発生を確認……しました……」

ダイダラボッチがネットを纏《まと》ったまま葦原を歩き出した。

「は……発射！」

「待ちなさい！」

笠間さんが吃驚するような大声で叫んだ。

「道が開いたんです！　あの巨人は『パッサバイ』に戻ります！　放っておいてもじき消えますよ！」

「だが、またこちら側で実体化しないという保証はない！」

「いいえ、巨人は帰ろうとしているんですよ！　帰ろうとするイミさんはもうこちら側には戻らないものです！」

「そんなことがどうして分かる……⁉」

「見なさい！　もう非実体化しかかっていますよ！　撃っても無駄です！」

ダイダラボッチに幾重《いくえ》にも絡みついていたネットがなんの抵抗もなくするすると外れて葦原に落ちていく。

すり抜けたんだ……ダイダラボッチは向こうの世界に焦点《しょうてん》が合い、ネットはこちらの世界に焦点があったままだから、触れなくなったんだ！

おおおんん……。

ダイダラボッチは地平線を目指して悠然《ゆうぜん》と歩いていく。その歩みにつれ、黒い鳥が飛び立って雲のように周囲を舞う。

「……よかった……あの子は帰れるんだ……」

泉原さんだった。

「……うん。よかったね」

「うん」

泉原さん、あんなに大きなダイダラボッチを『あの子』って言うんだ……。

それが、なんだかいい感じだと思った。向けられる視線の優しさが。

ダイダラボッチの姿が遠くに霞《かす》み、風に揺れる葦原の風景が薄れていく。入れ替わりに夕暮れ時の円形広場と『科学の門』が次第に濃くはっきりと見えてきた。

今度こそ終わった。

対策班の隊員たちは呆然とその場に佇《たたず》んでいる。たぶん、多くの隊員は《事象》で異次元世界の風景をはっきり見るのは初めてだったのだ。

「……こちら笠間。《事象》収束を確認しました。ダイダラボッチと思われる巨人は短期滞在者でした。一時的に実体化するもパッサバイに戻りました。繰り返します。巨人は十五分ほどの短期滞在で帰還しました」

笠間さんの通信が終わるのを待ちかねたように、対策班のリーダーらしい隊員がつかつかと歩み寄ってきた。

「出動を要請したのはおまえか」

「はい。そうです。共生推進課の笠間といいます」

「班長の杉山《すぎやま》だ。出動を要請しておいて邪魔するとは、どういうことだ」

「出動を要請した時点ではあの巨人が短期滞在者か長期滞在者か判別のしようがありませんでしたからね。結果的にごく短い滞在だったとはいえ、出現時点での要請は正当かつ必要なものだったと認識しております」

　杉山と名乗った隊員はぐっと頭をあげて顎《あご》をひき、そのままの姿勢で見下ろすという難易度の高い技で笠間さんを見下ろした。

「始末書を書いてもらうことになりそうだな」

「はい。お互いに、ですけれどね」

　笠間さんは古代仏のようにほんわりと笑った。杉山班長がふん、と鼻息を吐く。

　そのとき、対策班の隊員の一人が声を上げた。

「おい、まだ異世界イミグラントがいるぞ！　猛獣型だ！」

　その隊員が指さす先に居るのは、アンリの大山猫だ。呆然としていた対策班の隊員たちが俄然《がぜん》色めき立つ。

「いえいえ、あれはうちの課に所属する協力者でして、普段は人型なんです。彼はとても役に立ってくれていますよ」

「さすが化け物課だな。化け猫を使ってるのか」

「おや？　随分古くさい言い方ですね。猫人というのが現在の呼び名です。それからご存じかもしれませんが、うちの課は化け物課ではなく、共生推進課ですよ」

遠流は、アンリが百瀬に『化け猫』と言われて反発していたのを思い出した。あれは化け物じゃないと言いたかったのかもしれない。

杉山班長は肩をそびやかして笠間さんを睨付《ねめつ》け、もう一度ふん、と鼻を鳴らした。

「帰投する！」

杉山班長の一声で対策班の隊員たちはバスに乗り込んだ。二台の特殊車両とともに引き上げていく。

笠間さんがふー、と大きく溜め息を吐いた。

「やれやれです……。貝ノ目さんと百瀬さんには、大変な初出動になりましたね」

「いいえ！　それより笠間さん、カッコよかったです！　俺、見直しました！」

「いえね、私も修業が足りなかったんですわ。対策班とは今後もうまくやっていかなければいけないのに、一言多かったです」

「もっと言ってやったって良かったんだ。化け物課なんて言われて」

「まあ、彼らには彼らの言い分がありますからね。対策班は、私たちとは違う理念で動いているんですよ」

「そうなんですか」

百瀬は納得のいかない顔だ。遠流も同感だったが、笠間さんの言う通り対策班には彼らの流儀があるのだろうということも想像できた。それと、たぶん予算の関係も。

泉原さんは座り込んでアンリの大山猫の首に腕を回して抱きついている。

百瀬がおっかなびっくりその傍《かたわ》らに近寄っていった。

「おい、触ってもいいか？」

アンリの大山猫はごろごろ喉《のど》を鳴らした。いいらしい。百瀬はさっそく大山猫をモフり始めた。

「うわー！　もふもふだ！」

山猫はライオンなどの大型猫類と違ってイエネコをそのまま大きくしたような姿形だ。アンリの大山猫は全身真っ白で、耳と尻尾の先だけが黒い。頬や脚に少しだけ普通の山猫のような模様がある。被毛《ひもう》は長くてふさふさだ。

百瀬はそのふさふさした被毛をモフりまくっている。大山猫はよきにはからえ、とてもいうようにごろんと芝生に寝そべっていた。

「おまえの毛、すべすべでや—らかいな！」

大山猫がごろごろと遠雷のように喉を鳴らす。

撫でたいと思ったが、なんとなく言い出しにくく、ただその場で見守っていた。

「さて。そろそろ私たちも帰りますよ。アンリは人型に戻って着物を着てくださいね」

あ、そうか。

だからアンリはいつも着流しにサンダル履きなんだ。変身するときすぐに脱げるから。

遠流は少し離れたところに落ちたままのアンティーク着物を拾い上げた。

「アンリ、着物」

百瀬にモフられていたアンリの大山猫がつい、と立ちあがってこちらに歩いてくる。大山猫はイエネコがよくやるように遠流の脚の周りをぐるりと歩いて身体をこすりつけ、それから後ろ脚で立ちあがって前脚を両肩に乗せてしなだれかかった。いきおい、大山猫とダンスを踊るような格好になる。

「アンリ、重い……」

長い頬毛がくすぐったい。

ピンクの舌がざらりと顔を舐《な》める。

遠流はダンスの相手の大山猫の背に、手に持っていた着物をかけた。大山猫があくびをするように大きく口を開け、アオーン、と鳴く。

次の瞬間、胸元に人間のアンリがいた。

「んー。やっぱりトールはいい匂い」

「あ……あの、ちゃんと着物を着て……」

泉原さんもいるんだし……。

ちらりと泉原さんに目をやる。泉原さんはなんだか怒ったように目をそらした。

「わかってるよ。あー、ひさしぶりに働いたら疲れちゃった」

言いながら、するりと着物に袖《そで》を通す。笠間さんがにっこり笑った。

「おつかれさまでした。今日は大活躍でしたよ」

「ヨッシー、『黄金ささみ』忘れてないよね？」

「忘れていませんよ。『にゅーる』もちゃんとつけますからね」

百瀬が怪訝な顔をした。

「ヨッシーって……？」

「よしひこ、でヨッシー……？」

百瀬と遠流は同時にぶっ、とふきだした。

「八乙女課長が『あっくん』で、笠間さんが『ヨッシー』……！」

まったく、アンリにはかなわない。そのアンリは、広場の端の土手の上で人型に戻ったのも忘れたようにぴょんぴょん踊っている。

「わーい。うれしいなー」

踊りながら土手の端に近づいていく。

「アンリ、そっちは……」

結界の境界線だ。

アンリが最初に実体化した場所がどこなのか知らないけれど、結界を越えたらその場所に跳ばされることになる。それは、やっぱり困るのではないだろうか。

遠流は慌てて芝生を走ってアンリを追いかけた。

「あっ！」

足元の芝が塊《かたまり》になったところにつま先がひっかかった。走っていた勢いのまま前につんのめる。

「アンリ！」

「トール！」

遠流の身体は、結界のきわで踊っているアンリに向かって倒れ込んだ。

結界を越えてしまう……！

手足をバタバタして踏みとどまろうとしたが、慣性と重力には勝てなかった。そのまま二人、折り重なって芝生の上に転がる。

「アンリ、ごめん、だいじょうぶ……？」

「ああ、うん、だいじょぶ……」

身体の下でアンリが答える。もろに衝突して下敷きにしてしまったのだ。遠流は慌てて身体をずらし、アンリの手をとって引き起こした。

「あれ……？　なんかへんじゃない……？」

「どこか痛い……？」

「ううん。そーじゃないけど……」

手を握ったままアンリはぐるりと辺りを見回した。

「ここ、結界の外側だよね……？」

4　手をつないで輪になって

――父さんと母さんへ。お元気ですか。

遠流《とおる》です。僕は元気にやっています。大学にもだいぶ慣れて、友達もできました。百瀬《ももせ》光太郎《こうたろう》という同じゼミ生です。百瀬と一緒にアルバイトを始めました。一応、臨時公務員です。場所はエキスポランドの中。上司にオースチン・サマーズ博士という人がいて、前に来日したとき父さんに世話になったと言っているんだけど、覚えていますか。ケンブリッジの人です。背が高くて白髪で赤ら顔で陽気で、大声で話します。上司もアルバイト仲間もみんないい人です。ちょっと変わってるけど――


遠流は文面を見直し、『ちょっと変わってるけど』の部分を反転させてデリートした。

誰だってどこかしらはちょっと変わったところがあるんだし、とりたてて言う必要はない。たとえ、その『ちょっと』が大きな猫に変身することだとしても。

だいば市で一人暮らしを始めてから、両親に毎月一度は近況メールを送る約束になっている。いつも書くことがなくて悩んだが、今回は多くて悩んだ。

「送信……と」

友達ができただなんて、たぶん二人とも吃驚《びっくり》するだろう。アルバイトを始めたことも。仕事内容については守秘義務があるから詳《くわ》しく書けないけれど。

携帯がぴろん、と鳴った。百瀬だ。

――『麦と妖精』第三エリア店で席取った。泉原《いずはら》さんはもう来てる――

しまった！　今日は講義前に学内カフェで待ち合わせだった！

慌《あわ》てて駆け出す。友人との待ち合わせに遅れそうになって朝のキャンパスを走るなんて、まるで普通の学生みたいだ。それが、なんだか少し嬉《うれ》しかった。

『お伽《とぎ》の国の小さな村』がコンセプトのカフェベーカリー『麦と妖精』は提波大《だいばだい》に三店舗出店している。学食らしくないメルヘンチックな空間だ。

「貝ノ目《かいのめ》！　こっち！」

妖精が立ち現れそうな感じの――提波大はキャンパス全てが結界内だから実際現れる可能性があるわけだが――店の奥で百瀬が手を振っていた。

昼時には大混雑のこの店も開店して間もないこの時間はそう混んではいない。百瀬の向かいの席で泉原さんが眠そうに傾いている。

「ごめん！　遅くなって……」

「先にパンとってこいよ」

百瀬の皿は朝食バイキングで食べ放題のパンを山盛り、泉原さんはチョコ味の切り株パンだ。遠流は大急ぎで目玉ベーコンパンをひとつ皿に載せて席に戻った。

「さて。作戦会議だな」

百瀬は皿の上に山と積まれたパンを上から順にもりもり口に運んだ。ソーセージパン、ヤキソバパン、カレーパン、クリームパン。

「笠間《かさま》さん、あれに気付いてると思うか？」

「どうだろう……。あのときちょっと離れたところにいたから」

斜めに傾いていた泉原さんが顔をあげてぼそりと言った。

「……気付いたかもしれないけど、上に報告をあげるほど確信はないんだと思う」

「疑問には思っている？」

泉原さんは濃い睫毛《まつげ》に縁取《ふちど》られたくりくりした眼《め》を眠そうにゆっくり瞬《まばた》かせてチョコ味のパンを一口かじった。

「笠間さんは、ああ見えて鋭いの」

「やっぱり上の人たちに知られたら拙《まず》いのかな……」

共生推進課で上、というと八乙女《やおとめ》課長しか知らない。あとはサマーズ博士と、まだ会っていない砺波《となみ》局長。

「もちろん拙いに決まってるじゃない。あの人たちにあのことを知られたら」

あのこととは、科学万博記念公園のダイダラボッチ事件の直後に起きたことだ。

あのときアンリは結界を越えた。越えたのに消えなかった。『イミさん』であるアンリはこの世界に来たときの場所に跳ばされる筈《はず》だったのに。

「あそこの運営は、イミさんたちはだいぶ市の結界から出られない、っていうのが大前提になってるの。アンリが外に出られるなんて誰も思ってなかったし、外に出たときの規則も対策も何もない。だけど、出る方法がある、って分かったら……」

「対策班の連中が黙ってないだろ。アンリは外出禁止になるかもな」

ダイダラボッチの件以来、百瀬にとって保安課大型イミグラント対策班は敵役《かたきやく》だ。泉原さんは前から嫌っているみたいだし。

あのあと百瀬と泉原さんに手伝ってもらって何度か実験してみた。何度試しても同じだった。アンリと遠流が手をつないでいれば——身体《からだ》のどこかが触れてさえいれば結界を越えても跳ばされない。外の世界に行く事ができる。だが、遠流が手を放した瞬間にその姿は消え、最初に実体化した松美《まつみ》公園に跳ばされてしまう。

「……僕たちが黙ってたらバレないんじゃないかな」

「そんな気楽に考えてちゃ駄目。笠間さんはサマーズ博士に相談するかもしれない。博士は《事象》のことならなんでも知りたいんだから」

「あの人、マッドサイエンティストっぽいよな」

サマーズ博士がこの事を知ったらどうするだろう？　それに、遠流が博士のレーダーより早く《事象》が始まるのを察知したことや、だいぶ市以外の場所でも何度も《事象》に遭遇していることを知ったら。

少し怖かった。以前は、《あれ》――《事象》のことが知りたくてたまらなかった。なのに、それが確かに存在すると分かったいま、知るのが怖くなってきている。自分と《事象》の間に何か関係があるのではないかという疑問に答えが出てしまうのが。

「貝ノ目くん」

泉原さんが唐突に名前を呼んだ。どきりとする。泉原さんが遠流に話し掛けるときは、いつもいきなりだ。

「な……なに？」

「貝ノ目くんは、やる気あるの？」

「も……もちろんだよ」

「本当に？」

この計画は、遠流が参加しなければ意味がない。始まる前に終わってしまう。

「本当だよ。僕だってアンリのことは好きだよ。この間はみんなアンリに助けられたようなもんだしさ……」

泉原さんが声を潜《ひそ》める。

「そう……やるなら早い方がいいわ。いつバレないとも限らないんだから。貝ノ目くんもアンリも脇《わき》が甘いから」

「ああ。決行あるのみだな。問題は……」

百瀬は皿の上に最後に残ったメロンパンを二つに割って口に運んだ。

「俺たち三人とも、秋葉原《あきはばら》に行ったことがないってことだ」

◆◆◆

そこに行けばすべての願いが叶《かな》う場所――。

そう言ったのは、アンリだ。アンリがこの世界にいる間に行きたいと切に願っている場所。今まで不可能だと思われていたが、遠流と一緒なら行けるかもしれない。

計画決行日。遠流は半分に切った巨大なガラスの筒みたいな形をした入り口から長いエスカレーターで地下深くにあるだいば駅まで降りた。百瀬と泉原さんはもう来ていて、銀色の自動改札の前で待っていた。

「アンリは？」

「着替えてから来るって」

いつもの着流し姿では目立ち過ぎるので、アンリには遠流のジーパンとTシャツを着てもらうことにした。百瀬のでは大き過ぎるし、アンリが彼の匂《にお》いを厭《いや》がる。

「アンリが行きたいっていう場所をピックアップして地図アプリに保存してきた」

「あ、俺、ガンダムカフェは行きたいな」

「百瀬はそういうの興味ないんじゃ……」

「だってせっかく秋葉原だろ？　一応見ときたいじゃないか」

確かにだいば市に住んでいると東京に行く機会は滅多《めった》にない。だいば市内でたいていなんでも済んでしまうのと、だいばエクスプレス《ディーエックス》の乗車券が案外高いからだ。

そのとき、背後から陽気な声が響いてきた。

「やっほー。きたよー。トール、ゆかりん、コータロー」

手を振っているのは、着物姿に負けず劣らず胡散臭《うさんくさ》いアンリだった。

「どう？　ボク、目立たないよねえ？」

控えめに言っても休日の映画スターみたいに見える。

遠流のTシャツとジーパンを着たアンリは、白い髪はひとつに結んですっぽりと野球帽をかぶり、濃いサングラスをかけ、裸足《はだし》にいつものサンダルを履《は》いていた。かなり似合う。むしろ似合い過ぎだ。野球帽とサングラスの相乗効果もあるような気がするが、サングラスの下には縦長《たてなが》の瞳孔《どうこう》の瞳《ひとみ》が潜んでいるわけだから外すわけにもいかない。

「……アキバだからな。コスプレです、って顔で堂々としてればいいんじゃないか」

「そうだね……」

そういえば最初にアンリを見たとき、コスプレだと思ったのだ。それより遠流は気になっていることがあった。

「ねえ、結界を越えるの、電車に乗ったままで大丈夫かな。うまくいかなくてもしも跳ばされたら、高速で移動してて大丈夫？」

「ディーエックスなら、乗ったことあるけどねー」

アンリが澄ました顔で言った。

「一人でか？　どうなったんだ？」

「途中まで行ったら乗ってた電車がパッと消えて、松美公園になった」

もちろん消えたのはアンリの方で、最初に実体化した松美公園に戻ったのだ。

「じゃあ、失敗しても危険はないいんだよね」

「ぜんぜんだいじょうぶ」

本人は全然心配していないらしい。

泉原さんが用意してきたディーエックス回数券のばら券をみんなに配った。

「あ、ありがとう……」

「立て替えだから」

まあ、それはそうだ。百瀬が先頭を切って改札をぬけ、ホームへと走る。

「ホームの真ん中へ！　真ん中あたりにクロスシート車両がくるから」

始発なんだし別に走らなくても……と思ったけれど、走ったおかげで上手《うま》い具合に向かい合わせの四人掛けシートに陣取ることができた。

「わーい。しゅっぱつ進行！」

「なんだかどきどきするな」

遠流もどきどきしていた。いろんな意味で。

四人掛けシートの向かいの席にちらりと目をやる。向かいの席に百瀬と泉原さん、隣にアンリ。内緒でアンリをだいぶ市の外に連れ出すということはもちろんだけど、こうやって友達と遠出するということ自体、遠流にとっては初めてだ。

友達。その言葉が、ひどくくすぐったい。

「貝ノ目くん。アンリと手をつないで結界に備えて」

「う、うん」

泉原さんは、冷静だ。慌てて隣に座っているアンリの手を握った。その手は、室内飼いの猫の肉球みたいにすべすべと柔らかかった。

「よし、こっちも手をつなごう」

百瀬がアンリに向かって右手を差し出した。

「なんで？」

「アンリが消えないおまじないだよ」

「ありがとー。コータロー」

百瀬がアンリの左手を握る。それから、左手を隣の泉原さんに差し出した。泉原さんがちょっと躊躇《ためら》ってから百瀬の手を取る。

「貝ノ目もそっち側つなげよ」

「えっ……」

　そっち側というと、泉原さんだ。

　いいのだろうか。いや、百瀬はつないでるんだし……迷っていたら、泉原さんが黙って左手を差し出した。

「ご……ごめん」

「なんで謝るの?」

　なんでだろう……? 自分でもそう思うけど、つい言ってしまった。

　泉原さんの小さな手を握る。その指は冷たくて、落ち着いているように見える泉原さんも緊張しているのだと分かった。

　これで四人の輪ができた。なんだか何かを呼び出しそうに見える。だいば市の結界の中だから何か出てきても不思議じゃないのだが。

「じゃあ、みんなで祈ろう」

　互いに互いの手を握りあったまま祈る。

「無事通れますように!」

「アンリがアキバに行けますように……」

「デスキャットをゲットできますよーに!」

地下駅を出発して地上に出たディーエックスの車窓は近未来都市風景からいきなり開けた田園風景になる。緑の田園。車両試験場。蔦《つた》が緑のモンスターみたいに這《は》い上る電柱。鉄塔。鉄塔。鉄塔。全てがあっという間に後ろに飛び去っていく。

研究学園駅を過ぎた列車は万博記念公園駅にむかって大きくカーブを切り始めた。結界の境界線は、この二つの駅の間にある。

「地図上だとカーブを過ぎてすこし行ったところで線路と結界が交差してるはず」

「越えられたかどうか分かるのか？」

「んー、消えたら失敗ってだけだよう」

唸《うな》るようなディーエックスのモーター音が一際《ひときわ》高くなった。カーブが終わって直線に入るんだ。握りあう手にぎゅっと力がこもる。

無事結界を越えられますように！

モーター音が低く転調し、するすると滑《なめ》らかに速度が落ちていく。窓の外を流れるコンクリートの高架《こうか》が駅舎のホームドアに変わった。

万博記念公園駅のホームだ。間違いなく結界を越えたのだ。

「結界突破！」

「おめでとう、アンリ！」

「ありがと――！」

よかった……これでアンリは秋葉原に行ける。

百瀬と泉原さんは手を放し、アンリの空《あ》いている方の手とハイタッチした。

「ハイタッチ！」

「ハイタッチ！」

「貝ノ目くんは、アンリの手を放しちゃだめ」

ちょっとだけ残念だった。泉原さんと手を放したのが。

それからはアンリは《ミラクルみーにゃん》の話をとりとめなく喋《しゃべ》り、百瀬はディープインパクトがどれほど凄《すご》い馬だったのか力説した。泉原さんはあんまり喋らなかったが、ビーグルという作家の《最後のユニコーン》という翻訳《ほんやく》小説のことを少し話した。その本でユニコーンとファンタジー小説が好きになったということも。

「……貝ノ目くん。貝ノ目くんのお母さんって、貝ノ目春子《はるこ》さんだよね？」

「そうだけど？」

「そうなんだ……。あたし、すごく好きだったんだ。貝ノ目春子さんの本。『森の中の一軒家』とか……」

「本当？　母さん、喜ぶよ」

母の専門は民俗学だけれど、大学のポストがない時期に児童書やファンタジー小説を何冊か書いていた。『森の中の一軒家』は代表作だ。

「……それで、もし迷惑でなかったら……その……サイン……」

そのとき、日本語と英語でアナウンスが流れた。終点、秋葉原駅到着だ。

「われはきたり──聖地アキハバラー」

だいばエクスプレス線秋葉原駅は、だいば駅と同じ銀色ベースの近未来色だった。等間隔に並んだ銀色の自動改札機の上で紫のランプが光っている。

「どうやって手をつないだまま改札ゲートを通る？」

「アンリの分は、俺が後ろでチケットをいれて改札を開けるから素早く通れ」

「うん。わかったー」

「よし、チケット入れるぞ……ゴー！」

遠流とアンリは子供の遊びのようにつないだ手の下に自動改札機をくぐらせてゲートを通り抜けた。長い長い銀色のエスカレーターを手をつないだまま一緒に昇る。

「どこにいく？」

「ラジオビル──ほとんどすべての願いが叶う場所──」

アンリが言った通り、そのビルには上から下までびっしりトレーディングカードやフィギュアや模型や漫画やアニメや特撮グッズを売る店が詰まっていた。アンリは買うものはあらかじめ決めてあるらしく、フロアを上へ上へと移動しながら狩りをする山猫さながらに目ざとく見つけ出してはゲットしていく。その間、遠流はアンリから離れないようにぴったりついて回った。手をつないでいなくても、服の上からでも、とにかくどこかが触れてさえいれば大丈夫だ。

「次は『がちゃ』やる」

既《すで》に片手で持ち切れないほどプラスチックバッグを下げたアンリが嬉しそうに言う。

「アンリ、お金は大丈夫？」

「だいじょぶ。この日のためにためてきた」

「足りなくなったら言えよ。少しなら貸せる。俺は特に買うものないから……」

言いかけた百瀬の視点が一点に吸い寄せられる。動物フィギュアが収められたガラスケースだ。

「なんだあれは……？　馬……？　馬のフィギュア……！」

百瀬はガラスケースに駆け寄り、呻《うめ》くような声をあげて貼り付いた。

「すげえ！　馬のフィギュアなんてあるのか！　しかも関節が可動……！」

「フィギュアっていろいろあるの。知らなかった？　百瀬くん」

百瀬が首をぶんぶんと振る。

「漫画とかアニメのキャラばっかりだと思ってた……」

「なんでもあるの。恐竜も動物も昆虫も仏像も……この世にないものも」

泉原さんは指さした。ユニコーン、ドラゴン、グリフォン。遠流には分からないものもあるが、どれも本物かと思えるほど精巧だ。

「ぜんぶ欲しい……でも無理……」

「泉原さん、芸術学群なんだよな？　こういうの、自分で作れないもんなのか？」

「……買うよりもっと無理。だから、お金貯める」

「百瀬、あの馬のフィギュア買わないの？」

「やめとく。買ったら今月は水だけで暮らさなきゃならない」

百瀬はガラスケースの中を食い入るように眺めている。

「……よし、俺も貯金しよう」

「コータロー。『黄金ささみ』なら分けてあげてもいいよ？」

そう言ったのは、二人が高価なフィギュアに目を奪われている間もせっせとがちゃを回していたアンリ。

「いや、それいらないから」

「なんでかなあ？　おいしいのにー」

がちゃのハンドルが回され、ころん、と丸い珠が転がりでた。

「きたー！　デスキャット！」

カプセルを開けたアンリがぴょんぴょん飛び跳ねる。

「コンプリート！」

「おめでとう」「おめでとう！」「よかったね、アンリ」

「うん、ありがとおー」

アンリは白い頬《ほお》を紅潮《こうちょう》させ、顔いっぱいに笑っている。すごく幸せそうだ。

よかった……アンリをここに連れてこられて本当によかった。自分も嬉しい。

人の――友達の役に立てるってこんなに嬉しいことだったんだ……。

「次はここのゲーセンにいく」

地図アプリの星印を指さす。

「もうコンプリートしたんじゃ？」

「うーんとね。クレーンでしかゲットできないレア縫《ぬ》いがあるんだよねー。着物デスキャットの。クレーンやりたいしー」

「ま、つきあうしかないだろ。今日の主役はアンリだからな」

「うん、そうだね」

今日はアンリにとことんつきあおう。

地図アプリにマークしてきたゲームセンターへの道程《みちのり》には、アニメやゲームや漫画を扱う店が満艦飾《まんかんしょく》にひしめいていた。なんだか凄い『圧』を感じて腰が引けてしまったが、運が良いのか平日の昼間だからかアンリのお目当てのゲームセンターは空《す》いていて、他のお客は見当たらなかった。

店内に足を踏み入れたアンリが雄叫《おたけ》びをあげる。

「わーお！」

一階フロアの中ほどに等身大の「みーにゃん」パネルが立っている。「ぶっちー」と「タビー」……そして「デスキャット」も。

「会いたかった―――！　デスキャットー――」

アンリがいきなり跳び上がって駆け出した。慌てて後を追う。

「あっ！」

床の小さな段差につま先がひっかかった。がくん、と身体が前につんのめる。

つないでいた手が離れた。

「トール！」

「アンリ……！」

デスキャットの等身大パネルに向かって手を伸ばしたアンリの姿がふっ、と消えた。

泉原さんがうああ、という声を立てる。

「いっちゃった……」

「あー！　いっちゃったか！」

百瀬がひゅうっ、と息を吐く。

遠流は、呆然《ぼうぜん》と空《から》になった手を見つめた。まだアンリの手の温《ぬく》もりが残っている。

「僕のせいだ……僕が手を放したから……」

「いや、今のはアンリのせいだろ。あいつ、『待て』ができないんだな」

「だって、猫だもの。ちょっと待って、電話してみる」

泉原さんはスマホを耳に押し当て、小声で何か話している。

「うん。うん。わかったから。夕方にはそっちに帰るから」

「どうだった？」

「やっぱり松美公園だった。案外けろっとしてる。クレーンで着物バージョンのデスキャット縫いをゲットしてきて欲しい、って……」

ああ……どうしてこう詰めが甘いんだろう。自分が厭になる。

せっかくアンリのためにみんなで頑張ったのに、こんなつまらない失敗で台なしにしてしまうなんて……。

「貝ノ目。なに葬式みたいな顔してんだよ」

「だって、僕がしっかりしていればアンリは……」

「だから、おまえのせいじゃないだろ。ここまで来れたのはおまえのお陰だけどさ」

泉原さんが横を向いたまま視線だけこちらに向けた。

「貝ノ目くんって、他人には優しいけど、自分には厳しい」

「そんなことないと思うけど……」

「そんなことあるの。貝ノ目くんは、自分にだけ高い基準を要求してるの。高い基準に合わない自分を駄目だって言ってるの。でも、それって、本当は人に優しくない」

「えっ、どういう意味……」

「自分は人よりトレーニングしてて、他の人には休んでていいよ、と言うアスリートみたい、ってこと」

「あ……」

泉原さんはぷいと目を逸《そ》らした。

「あたしも、そうだから」

そうか……分かった。なんで泉原さんのことが気になるのか。

泉原さんは、似てるんだ。自分と。

自分を信じられなくて、現実から半歩退《ひ》いているところが。

「おまえら二人とも、馬っ鹿だなあ。俺なんか自分にはすごく甘いぞ。俺最高」

それは、百瀬がたいていのことは人よりうまく出来るからじゃないだろうか。でも、考えてみれば百瀬にだって出来ないこともあるだろうし、悩みだってある。それを脇に置いておいて俺最高、って言えるのが百瀬の強さなんだろう。

「やっぱ、貝ノ目はもうちょっと自信を持った方がいいと思うぞ」

「自信って……そんなの、持つところがないよ」

「なんでだか全然わかんないな。おまえって友達思いのいいヤツなのに」

「えっ！　まさか！」

「ほら。それな」

自分は、ぜんぜんいいヤツなんかじゃない。

いつも半歩下がって逃げ出そうとしている。今だって、腰が引けていたからアンリの手を離してしまったのかもしれない。友達と言える相手だって今まで全然いなくて、百瀬とアンリと泉原さんが最初みたいなものなのに。

泉原さんが横を向いたまま言う。

「だって、貝ノ目くんだから」

「まあ、確かに違いないな」

百瀬は遠流の背中をばんばん叩《たた》いた。

「よし、アンリのためにがんばって着物デスキャット縫い、ゲットしよう！」

百瀬こそ『いいヤツ』だと思う。

そのあと三人でクレーンに挑戦し、かなり無駄を出したあと百瀬が無事着物バージョンのデスキャット縫いをキャッチした。

「アンリ、喜ぶな！」

「うん、ホントに」

それでも、アンリ自身がクレーンゲームでゲット出来ていたらもっと良かったのに、と思わずにはいられなかった。

◆◆◆

「おはよー！」

共生推進課のオフィスにデスキャットの縫いぐるみを抱《かか》えたアンリが入ってきた。百瀬がクレーンでゲットしたやつだ。

「夕方だぞ、アンリ」

「ボクが起きたときが朝なんだよう」

笠間さんが縫いぐるみに目を留《と》めてほんわりと笑った。

「おや。可愛い縫いぐるみですね」

「だよねえ？　デスキャットは最高なんだからー」

「よかったよね、アンリ」

「うん！」

アンリは幸せそうに縫いぐるみを抱きしめた。

松美公園に跳ばされてしまったアンリががっかりして腹を立てているんじゃないかという心配は杞憂《きゆう》に終わった。三人でだいぶ市に戻ってゲットしたデスキャット縫いぐるみを渡すと、満面に笑みを浮かべたアンリはぴょんぴょん跳び上がって受け取ったし、遠流が手を放したことなんかすっかり忘れていた。さらには盛大に遠流に抱きついて泉原さんの顰蹙《ひんしゅく》を買ったのだった。

泉原さんは、やっぱりアンリが好きなのだろうか。

アンリがこちらを向いてにんまり笑った。糸のように細められた瞼《まぶた》と、水面に浮かんだゴンドラみたいに両端が持ち上がった口が三つの三日月を形作る。

「トール。ハイタッチしようー」

「あ、うん。ハイタッチ！」

「ハイタッチ！」

「ハイタッチ！」

百瀬、泉原さんとも次々ハイタッチする。

「なんだか今日はご機嫌《きげん》ですね」

笠間さんがいつものように丁寧《ていねい》にお茶を淹《い》れながら言う。

「うふふー。だって、いいことがいっぱいあったからねえー」

「だよな、アンリ」

百瀬が白い歯を見せ、遠流に目配せした。瞼を伏せて微笑を噛み殺す。泉原さんにちらりと目をやると、互いの視線がぶつかりそうになって慌ててそらした。

笠間さんが気付いているというのも杞憂だったらしい。

秋葉原冒険旅行の秘密は、まだ保たれている。

心配なのはアンリがうっかり喋ってしまうことだが、本人的にもまた秋葉原に行くという野望があるので今のところ大丈夫そうだ。

　当のアンリは素知らぬ顔で『黄金ささみ』を食べている。

「おいしー。一年分だよね？　ヨッシー」

「はい、ちゃんと一年分ですよ。一月分ずつの支給ですけどね」

　笠間さんはみんなにお茶を配った。笠間さんの淹れるお茶は、美味《おい》しい。だんだん日本茶が好きになってきた。それにここの雰囲気も。

　卒業後もここで働けたらいいのに、と思う。臨時職員でなく、正式に就職して。もちろん百瀬と泉原さんも一緒に。二人がどういう心積もりなのかは分からないけど。

『黄金ささみ』を食べ終えて手を舐《な》めていたアンリが不意に顔をあげて辺りを見回した。

「……あー。今日はいい日だと思ってたのに。ナルっちがくるよー」

「ナルっち？」

「ああ、四士鳴見《しどなるみ》さんのことでしょう」

「そう、そのナルっち」

　アンリが言い終わらないうちにドアが開いて見知らぬ長身の男性が入ってきた。

「四士さん。お久しぶりです」

「それ、イヤミ？　笠間ちゃん」

笠間さんが四土と呼んだ男は、遠流よりも明るい色の髪をしていた。地毛ではなく染めているると分かるのは、生え際《ぎわ》の方が毛先より濃い色だからだ。

シド。四土。思い出した。前に泉原さんが言っていた、たまにしか出てこない出向職員の人だ。そういえば遠流たちが働き始めてから一度も来ていなかった。

「いえいえ。事実を述べただけですよ。お顔を拝見するのは二週間ぶりでしょうか」

「俺だってさあ、いろいろ忙しいんだよ」

「言い訳しなくても大丈夫ですよ」

笠間さんは目を細めて古代仏みたいに微笑んだ。それから急須《きゅうす》を空にして新しい茶葉をスプーン二杯きっちり量って淹れた。

「笠間ちゃんさあ、始末書だって？　対策班の杉山《すぎやま》ちゃんがカンカンだったよ」

「もう終わった案件ですよ。出動要請《ようせい》自体は適正だったと認められましたしね。杉山さんだってそこは理解していると思いますよ」

「書類仕事は終わったけどさ。本当のところは終わってないじゃない」

「どういうことでしょうか。《事象》は収束しましたし、ダイダラボッチは元の世界に帰りましたよ」

「またすぐ次のが起きるってことさ」

「それは神のみぞ知るでしょう」

「まあ、問題はその神の名だよね」

四土は謎めいた台詞《せりふ》を口にした。

神の名？　日本は神道《しんとう》で多神教だから？　それともピンポイントでだいばの結界を形作っている提波山や香嶌《かしま》神社の神様のことだろうか？

「いずれにせよ《事象》は起きるんです。それがいつか、というだけで。ここはだいばですからね」

「そうそう。ここは異次元交差点、ってね」

その言葉をどこで聞いたのか思い出した。サマーズ博士の《事象》レクチャーだ。

四土鳴見は長い脚《あし》をこれみよがしに組んで座り、出された茶を美味《うま》そうに飲んだ。

「笠間ちゃんの淹れるお茶は日本一だよ」

「褒《ほ》めても何も出ませんよ」

「いいって。茶だけで充分だから」

デスキャットの縫いぐるみを胸に抱え込んだアンリが上目遣《うわめづか》いに四土を見上げる。

「ナルっち、何しにきたのさあ」

「心外だなあ、化け猫くん。俺だってここの職員なんだよ？」

「ボクは化けじゃないって言ってるのにぃー」

アンリは牙《きば》を剝《む》いてシャーッという声をたてた。

「ナルっちは匂いがしないからきらいー」

泉原さんは何も言わず俯《うつむ》き加減に横を向いている。泉原さんがこういう状態のときには、あまり話しかけないほうがいい。そして、原因はたぶんこの四士という人だ。

アンリの『嫌い』はあてにならないし、泉原さんは好きなものより嫌いなものの方が多い気がするけど、それは割と理解できる。

初対面の人に対して先入観をもつのは良いことじゃない。だけど、この四士という人には確かに何か少し――違和感を覚える。

遠流はじっと四士を観察した。ノーネクタイ、ノーアイロンの開襟《かいきん》シャツにチノパン。足はナイキのスニーカーだ。いつも三つ揃《ぞろ》いの笠間さんとは対照的だし、公務員らしくもない。垂れ目でちょっとぬーぼーとしているけど、面長《おもなが》の整った顔はかなりハンサムで、名前が思い出せない若手人気俳優によく似ている。ただし、歳《とし》はその俳優より少し上。三十代に王手がかかった感じだろうか。

じっと見ていたら、四士が不意に起《た》ち上がってつかつかとこちらにやってきた。

「やあ、君がサマーズ博士の新しい弟子？」

「あ……別に弟子じゃないです。博士の推薦枠で雇《やと》ってもらっただけで……」

「あれ？　そうなのかい？　君、貝ノ目遠流君だよね。物理学者の貝ノ目悟《さとる》博士の息子さんだろ？」

質問形で話してるけど、質問しているわけじゃない。初めから知っているんだ。名前も、父のことも。

「そうですけど。父をご存じなんですか？」

「あー、いや、直接知ってるってわけじゃないんだけどね。貝ノ目博士はその筋では有名な研究者だから名前くらいは知ってるさ」

「そうなんですか」

父がそんなに有名だとは知らなかった。その筋ってどんな筋だろう？

「お父さんが物理学者なのに、理系にいかなかったのは何でかい？」

「僕には向いてなかったので」

「お母さんの方の専門ってわけか」

つまりこの人は母の専門分野を知っているし、遠流が人文系だということも知っている。

こっちはこの人のことを何も知らないのに。

「貝ノ目春子さんの著書、読んでるよ。『ノボロギク、風に揺れ』」

「電子書籍ですよね？」

四土は驚いたように二重《ふたえ》のゆったりした瞼をわずかに見開いた。

「ああ、まあね」

そうだろうと思った。母の著書の多くは品切れになっており、重版《じゅうはん》未定で手に入れにくいが、去年あたりから電子化され始めた。『ノボロギク、風に揺れ』はその最初の一冊だ。恐らくこの人はもとから母の読者だったわけではなく、つい最近思い立って読んだのだ。

遠流に「読んだ」のをひけらかすために。

母の言葉を思い出した。

――親しさと馴《な》れ馴れしさは違うのよ。過度の馴れ馴れしさは敬意の欠如《けつじょ》の表れであることがあるわ。いわゆるマウンティング行為ね。冗談めかして相手をひっぱたいて、反撃されるかどうかで序列を推量《おしはか》るの。だからそういう人に出会ったら注意なさい――

さっき感じた違和感の理由に思い当たった。笠間さんに対する『笠間ちゃん』という言い方が、親しげなようでいてなぜか温かみを感じなかったからだ。むしろ、どこか揶揄《やゆ》するような響きがあった。

「遠流くんは、例のダイダラボッチ事件が初出動だったんだって？」

「そうですけど」

「大変だったらしいねえ。笠間ちゃんは踏みつぶされそうになったんだって?」

四土はへらへら笑った。

どうしてその大変だった現場に四土は出てこなかったのか訊《き》いたら失礼に当たるだろうか……?　もちろん実際にそんなことを口にする度胸はないんだけど。

「あ、こんな時間か。俺、もう行くわ。笠間ちゃん、お茶ご馳走《ちそう》さま」

四土が来たときと同じくらい唐突に出ていく。その足音が廊下に消えるのを待ちかねたように百瀬が呆《あき》れ顔で言った。

「あの人、いつもああなのか?」

「そう。いつもああなの」

「なんか、笠間さんのお茶を飲みに来ただけとしか思えないな。俺のことは丸無視だし」

そういえば百瀬も遠流と同じサマーズ博士枠の新人なのに、四土の視界には全く入っていない感じだった。

「まあ、四土さんにもいろいろ事情があるんですよ」

笠間さんはちょっと困ったように笑った。

「さて。今日から貝ノ目さんと百瀬さんには新しい仕事を覚えていってもらいましょう。目撃情報の精査です」

5　転がる石のように

四土鳴見《しどなるみ》は足早に共生推進課のオフィスを後にすると、バックヤードの廊下を歩いていくつか角をまがり、使われていない部屋にはいって戸を閉めた。職員の誰かがこっそり煙草《たばこ》を吸うのに使っているらしく、コンクリートの床に吸い殻《がら》が散らばっている。

壁によりかかり、モバイル端末でダイダラボッチ事件の映像を再生した。

対策班のカメラが捉《とら》えたものではない。時間的にはダイダラボッチが消え、対策班が撤収した直後。公園に設置されている防犯カメラの映像を入手したものだ。

もう一度最初から再生。おかしい。何度観《み》ても妙だ。

「……こいつは、どういうことなのかねえ……」

分からない。とにかく今まで確認されたことのない現象なのは確かだ。

画面を切り替える。貝ノ目遠流《かいのめとおる》に関する調査書だ。貝ノ目遠流の父親、貝ノ目悟《さとる》は物理学者であり、かつてオースチン・サマーズ博士の共同研究者だった。サマーズの異次元衝突に関する論文は二人の連名になっている。画面に触れて論文リストを表示した。

《異次元衝突時における人体の次元間移動の可能性》

このへんが鍵《かぎ》なのか――。

画面を切り替えて貝ノ目遠流の写真を表示する。

父親には似ていない。日本人にしてはかなり色素が薄く、茶髪《ちゃぱつ》で眼《め》ははしばみ色だ。どちらも自前なのは今日実際に見て確かめた。少年のような体つきで、顔立ちは少女のように見える。ひどく内向的で気が小さいように振る舞っているが、本当は鋭いところがあるのではないかという印象を受けた。そう、貝ノ目春子《はるこ》の本の話をしたときだ。話のネタにするため大急ぎで著作に目を通してきたことを見抜かれた。そして明らかに気付いていたにもかかわらず、それ以上何も言わない賢明さを持ち合わせていた。父親についての仄《ほの》めかしにも動じなかった。

なかなか手強《てごわ》そうな子だ。

外堀をつついてみるか。結果がどうであれ、報告材料にはなる。

◆◆◆

多元連携局共生推進課課長八乙女敦《やおとめあつし》は胃がきりきりする原因について考えた。ありすぎる。ありすぎて特定できない。

とりあえず今現在の原因は直前に見たネット画像だろうというのは推測できた。

コラージュではないのか……？　しかし何でわざわざこんなコラをアップする……？

見なかったことにしたかった。なぜなら、あり得ないからだ。そうだ。見なかったんだ

……八乙女はアプリを終了して画面を消した。

そのとき廊下の向こうから新たな胃痛の種が歩いてきた。

「やあ。ご無沙汰《ぶさた》してまして、八乙女さん」

「ああ、四土君か」

共生推進課に来る人間は、理由があってここに来る。

ここでは怪異を「視《み》る」体質の人間が求められる。泉原縁《いずはらゆかり》もそうだった。八乙女自身もだ。その意味では、貝ノ目遠流と百瀬光太郎《ももせこうたろう》は来るべくして来たと言えた。二人ともメープル通りの《事象》発生時にその亀裂《きれつ》の中に足を踏み入れ、《通りすがり《パッサバイ》》のユニコーンをはっきり視ている。「視る」体質の人間は異次元が衝突せずに接近しただけでも視るのだ。

「視る」体質の人間と「視ない」体質の人間がなぜ存在するのか今のところ分かっていないが、生まれつきの部分が大きいらしい。もちろん実際に次元が衝突し、実体化が起きれ

ば誰にでも見えるようになる。だが、そうなってから対処するのでは遅過ぎる。だからまだ実体化する以前の《事象》を視る体質の人間が必要なのだ。

だが四土はまったく「視る」素質がない。

それなのに共生推進課に配属されたのは、他に理由があるということだ。

文部科学省が財団法人多元連携局を作ったのは、『だいばの怪』への対応が市のレベルでは追いつかなくなったからだ。

だいば市には出来てすぐの頃から怪異が頻発《ひんぱつ》していた。当時、市には苦情が殺到したため、初代の市長が独断で市長室直属の課を作って対応に当たらせたのだ。それが『だいば市共生推進課』だった。

官僚《かんりょう》たちは異次元妖怪の存在など認めたくなかった。異次元からくる妖怪対策の組織など、表沙汰《おもてざた》になったらいい笑いものだ。しかし怪異は増え続け、だいばの外にまで噂《うわさ》は広まってしまった。だいば国際研究学園都市に国は既《すで》に何千億円も費やしており、宇宙開発や最先端のビッグサイエンス施設も建設されている。何とかしなければならない。

それで文科《もんか》省は初代市長の組織に乗る形で財団法人多元連携局を作ったのだ。

組織の名称はわざと何をやっているのか分からないものにし、予算は特別会計から出している。『だいば市共生推進課』は多元連携局に吸収され、その下に置かれることになった。寄せ集め組織のため局の内部はバラバラだ。自分のように文科省から来た人間もいれば、笠間佳彦《かさまよしひこ》のような『だいば市共生推進課』からの居残りもいる。

四土鳴見は総務省から来たことになっている。どういう経緯《いきさつ》なのかは不明だ。彼の仕事態度を考えれば左遷《させん》という可能性も充分考えられるが――。

「八乙女さん。この間は大変だったらしいですね。万博記念公園。ダイダラボッチが実体化なんて。町中じゃなくてよかったっていうか」

それも胃痛の原因だ。

過去に巨大異世界イミグラントが実体化した例はある。だが、それはだいば市が提波郷《だいばごう》だったときの話で、伝説として語られるだけだった。だが今回は起きた。そして今後起きないという保証もないのだ。

「《事象》が収束してたのに、すぐにもう一度次元の亀裂が開いてダイダラボッチが元の世界に帰ってくれるなんて、随分《ずいぶん》と都合よくいったもんですよね」

「ああ、運が良かった」

「運、ですかね」

他に何があるというのだ？　《事象》は自然災害と同じだ。運に任《まか》せるしかない。

四土は邪気のない笑みを見せたが、それを信じるほどこちらも甘くはない。

「そういえば、さっき共生推進課の新人に会いましたよ。貝ノ目遠流君。彼もあのとき現場に出てたんですよね」

「ああ……貝ノ目君か」

八乙女は胃痛の元となっている画像を脳裏《のうり》から追い払った。あれは馬鹿げたコラージュに決まっている……。

「そういえば、ダイダラボッチ事件のときの映像。防犯カメラのやつがあるんですが、ちょっと面白いものが映ってるんです」

「いま忙しいんだが……」

「短いです、すぐ終わります」

四土は言いながらモバイル端末を目の前に突き出して画面をタップした。

映像が始まる。映っているのは貝ノ目遠流とアンリだ。

結界が通っている円形広場の縁《へり》で踊るアンリ。駆け寄った貝ノ目遠流がつまずき、アンリを巻き込んで土手の上に倒れる。起き上がって怪訝《けげん》な顔で辺りを見回すアンリ。次の瞬間、その姿が掻き消えた。結界を越えたため、最初に実体化した場所に跳ばされたのだ。

何か違和感があった。だが、それが何か分からない。

「……どこが面白いんだ？」

「よく観てください。ほら、ここだ。彼が手を放すと、アンリ・マンユが消えるんですよ」

もう一度その部分を再生する。

あっ、と思った。土手で転んでから消えるまで、アンリは一センチも移動していない。

それなのに消えた。土手に倒れたとき二人は既に結界を越えていたことになる。

つまり、消えるまでの数十秒間、アンリは結界の外に存在していたのだ。

「アンリは、結界を越えていたのか……？」

「やっぱりそう見えますよね？　貝ノ目君と手をつないでいる間は消えないんです。編集はしてないですよ。コマ送りで見てください」

動画を停《と》めて一フレームずつ送る。

貝ノ目遠流がアンリに手を貸して一緒に起《た》ち上がり、その手を放す。その次のフレームでは既にアンリの姿はない。一フレームの三十分の一秒の間に消えたのだ。

「ね？」

慄然《りつぜん》となった。馬鹿な……あり得ない。起きる筈《はず》のない現象だ……。

「こんなこと、あるもんですかねえ。事実としたら大変ですよね？」

何度見ても同じだ。貝ノ目遠流が手を放す。アンリが消える。

異世界イミグラントは最初に実体化した場所に縛《しば》られており、その結界から外には出られない――それが《事象》対策の大前提だった。今まで異世界イミグラントがだいばの結界を越えて外に出たケースはない。超長期滞在者《スーパー・エクステンデッド》であってもだ。

実体化した異世界イミグラントは時に危険な存在だ。例えば万が一、人口密集地で龍が実体化したら……想像しただけで背筋が寒くなる。あのアンリでさえ、もしその気になれば簡単に人を殺傷する能力を持っている。

異世界イミグラントが結界から外に出られるとしたらすべてが変わってしまう。彼らの中には魔法としか呼べない能力を持つ者もいる。そんな連中が世界中で野放しになってしまうかもしれないのだ。

「彼、自分から雇《やと》ってくれって言ってきたって本当ですか？」

「彼？」

動画を見つめたまま上の空で聞き返す。

「貝ノ目遠流ですよ」

「あ……ああ、友人と二人でな。《事象》目撃者だったんだがそのまま採用になった」

「見かけによらず積極的ですねえ。それとも何か目的があってなのか……」

「目的？　いったいなんの？」

「さあ、それは分からないですけど」

四土が思わせぶりに唇《くちびる》をすぼめる。

「偶然、ですかね？　これが彼が入った翌日に起きてるのは。どう見ても貝ノ目遠流君が関与しているでしょ？」

八乙女は、貝ノ目遠流がここに来たときのことを思い出した。《事象》が収束したあとの現場にいるところを笠間たちが発見し、『イミさん』と誤認して連れてきたのだ。

誤認の理由はアンリが言ったからだ。いい匂《にお》いがする、と。

アンリは《事象》で異世界の扉が開くと「いい匂いがする」と言う。異世界から来た『イミさん』も「いい匂い」だ。

まさか……。

「それじゃ、俺、もう行きますんで」

「あ……ああ」

八乙女は呆然《ぼうぜん》と四土を見送った。それから、自分の端末を取り出して胃痛の原因だったSNSの投稿写真をもう一度観た。

『やばい　改札通るときもずっと手をつないでた　天国かよ　#コス　#DX』

手をつないでいる少年の一人は、貝ノ目遠流だろうと思う。もう一人は野球帽とサングラスで変装してはいるものの、アンリのように見える。

問題は二人がいる場所だ。コラージュでないとしたら、秋葉原《あきはばら》の駅前だ。

◆◆◆

笠間さんは市役所に寄せられた怪異のリストをコピーして配った。

「警察や市役所から回されてきた『だいばの怪』の苦情の中に本物が交ざっていないかチェックしてもらいます。二十年前、私が当時はまだ市の管轄《かんかつ》だった共生推進課に入ったときにはこれが主《おも》な仕事でしてね」

「うわー。これ、全部ですか！」

「安心してください。『本物』は一割もないと思いますよ。それを見分けられるようになりませんとね」

携帯がぴろりん、と鳴った。父さんからだ。

メールの返事だろうか。父はすぐにメールを読まなかったりするし、毎回返事がくるわけじゃないのだけれど。

遠流はポケットから携帯をとりだして新着メールを表示した。

——遠流。落ち着いて読みなさい。Dr.オースチン・サマーズのことはよく知っている。

あの男を信用してはいけない。彼は危険だ。あの男には近づかない方がいい。今エキスポランドにいるならすぐその場所から離れなさい。アルバイトは辞《や》めるんだ。すぐにだ。大学には休学届けを出して相生《あいおい》の家にきて欲しい。理由は後で話す。詳《くわ》しい説明はメールではできない。父——

どういうこと……？

サマーズ博士が危険？　博士は前の来日のとき父さんに世話になった、と言っていたのに。もしかして、サマーズ博士が父さんに「世話になった」って言っているのは反語で、恨《うら》みがあるとかの意味だったんだろうか？　日本に滞在していたときに父さんとの間で何かあったのだろうか……？

でも、だからって、いきなり大学を休学しろ、バイトを辞めろ、理由は説明できない、なんて、いくら父さんでも勝手過ぎる。メールでは詳しく説明できないと言ってるけど、簡単にでもいいから説明してもらわなければ。

『返信』を押して父に説明を促《うなが》すメールを書こうとしたときだった。

「貝ノ目遠流君！」

びっくりして顔を上げた。いつの間にかオフィスに入ってきていた八乙女課長だ。なんだか怖い顔をしている。もともときつい顔立ちなんだけど、今日は特に眦《まなじり》が吊り上がって、こめかみがぴくぴくしていた。

勤務時間中に私用メールは悪かったけど、でもそんなに怒るものだろうか。

「は……はい。なんでしょうか……」

「話がある」

八乙女課長はモバイル端末をとり出して画面を表示した。

「これを見るんだ。これは君とアンリだな？」

「あ……！」

画面はSNSの投稿写真で、写っているのは秋葉原駅前にいるアンリと自分だった。

バレた……！

「いったい、どういうことだ？　君とアンリは結界を越えてだいばの外に出たのか？」

「済みません！　アンリに秋葉原体験させてあげたかったんです……アンリには秋葉原は聖地だから……」

「そんなことはどうでもいい。どうやって結界を越えさせたんだ⁉」

「分かりません。ただ手をつないでると跳ばされないって気付いて……それでディーエックスで秋葉原に……」

「だいばエクスプレスで結界を越えただと……？　なんてことだ……これはあり得ないこ

と……絶対にあってはならないことだ」

「ごめんなさい！」

「私は君に謝って欲しいわけじゃない」

八乙女課長は硬い表情で言った。

絶対にあってはならないこと――自分たちがしたことは、そんなにいけないことだったんだろうか……？

謝って欲しくないというのは、謝っただけでは済まないということだ。謝って駄目なのなら、どうしたらいいんだろう……。上の人に知られたら拙《まず》いとは思っていたけれど、それほど大事なのだとは思わなかった。

百瀬が起ち上がった。

「八乙女課長！　アンリと秋葉原に行ったのは貝ノ目だけじゃないんです！　俺も一緒に行きました！」

「……あたしも」

泉原さんが小さく手を挙げる。それを見ていたアンリがあっけらかんとした顔で右手をさっと挙げた。

「ボクも行ったけど？」

「それは分かってる！　それを問題にしてるんだ！」

八乙女課長が叫んだ。眼がほとんど三角になっている。

百瀬の言葉が脳裏に浮かぶ。

──対策班の連中が黙ってないだろ。アンリは外出禁止になるかもな──

どうしよう。これでアンリが外出禁止になったら、僕のせいだ……。

「あの、アンリは、僕らが行こうと言ったから行ったんです！　アンリが悪いんじゃないんです……」

八乙女課長は胃痛を我慢しているような顔で溜《た》め息《いき》を吐《つ》いた。

「……貝ノ目君。とにかく、一緒に来てくれたまえ」

「はい……」

笠間さんはひどく困った顔で八乙女課長と遠流を交互に見ている。

「八乙女さん」

「なんだね、笠間君」

「事実だとしても、貝ノ目さんに悪気はなかったんだと思いますよ。本当にアンリに秋葉原を見せてやりたかっただけなんでしょう……」

「笠間君。君も分かるだろう。悪意があったかどうかは問題じゃない。起きてしまった現象が問題なんだ」

「はい、それは分かりますが……」

「貝ノ目遠流は異世界イミグラントを結界の外に連れ出すことが出来る。今までの《事象》対策を根底から見直さなければならなくなるかもしれない事態だ」

百瀬がガタンと席を立った。

「あの！　俺たちは……？」

「君らはこなくていい。用があるのは貝ノ目遠流だけだ」

「百瀬。僕ひとりで大丈夫だから」

どうして自分がアンリを結界の外に連れ出せるのか、その理由は分からない。だけど、遠流自身がそれをやったのは間違いなかった。だからその責任は、自分にある。

百瀬や泉原さんや、もちろんアンリにではなく。

「行くぞ。その携帯電話はこちらに渡してくれたまえ」

「はい……」

笠間さんが溜め息を吐いた。

「八乙女さん。私も同行しましょう。そもそも貝ノ目さんを連れてきたのは私ですから」

笠間さんと八乙女課長に挟まれるようにして、まだ一度も来たことのない通路をしばらく歩いた。笠間さんは小声であまり心配しなくていいですからね、と言った。八乙女課長はむっつりと押し黙ったままだ。

この状況で心配しないでいられるとしたらよほどの楽天家だ。

「入りたまえ」

そこは広々としたオフィスで、他の場所と違って床に絨毯《じゅうたん》が敷き詰められていた。左右の壁面は作り付けの書棚が隙間《すきま》なく埋めている。

「砺波《となみ》局長。連れてきました」

デスクの向こうに眼鏡の女性が座っている。

この人が砺波局長……？

隙のないスーツ姿で髪はひっつめのシニョン。だけどメイクはばっちりしている。いかにも仕事が出来そうで、言うなれば一昔前のキャリアウーマンタイプだ。

「八乙女君。この子がそうなの？」

「そうです。貝ノ目遠流。彼は異世界イミグラントに結界を越えさせることができる」

「いったいどうやって？」

その問いが八乙女課長にではなく、自分に向けて発せられたのだと気付くのに一秒ほどかかった。

「……分かりません。手をつないでたら結界を越えてもアンリが消えなかったので……」

「触れていることで身体《からだ》が延長されると見なされるわけ？　延長された身体上に何らかの力場《りきば》が形成されていると考えられるかしら？」

砺波局長は何が言いたいんだろう？　アンリを結界の外に連れ出したのを非難されるのだとばかり思っていたが、どうもそうではないらしい。

「その力は人為的なもの？　或《ある》いは生来《せいらい》のもの？」

「あの……意味が分からないんですが……」

「本当に知らないの？　知らないんですか？　知らない振りをしているの？　それとも君には質問を理解する力がないのかしら」

「本当に分からないんです、どうしてそういうことになったのか。偶然結界のそばでアンリとぶつかって転んで……越えてるのに気付いたんです……」

「ふーん。偶然ね」

砺波局長は眼鏡のフレームを中指でもちあげ、遠流をじっと見つめた。

「君の父親の貝ノ目悟博士ね。十年前、多元連携局ができたとき彼は科学顧問《こもん》として招聘《しょうへい》される筈だった。当時、彼は次元衝突理論の第一人者だったから」

「え……」

十年前というと、海外で短期の客員ポストを転々としていた時期だ。そんなオファーがあったのなら受けたと思うのだが。

「次元衝突理論はまだ確立されていない分野で、研究者は世界的にも数人しかいない。だから貝ノ目悟博士に決まりかけていたけれど、横やりが入って流れた。替わりにオースチン・サマーズ博士がここの科学顧問になったのよ。サマーズ博士はかつて貝ノ目博士の共同研究者だった」

「そうだったんですか⁉」

「そう。共著《きょうちょ》の論文もあるわ。君が知らなかったというのは奇妙ね」

サマーズ博士は「Dr.カイノメにたくさん世話になった」とは言ったけど、一緒に仕事をしていたなんてひとことも言わなかった。

そして、父からのメール——あの男を信用してはいけない。彼は危険だ——

やはりサマーズ博士と父との間で何かいざこざがあった……？　招聘への横やりを入れたのは、もしかしてサマーズ博士だったり……？

「貝ノ目遠流。君は、なぜこの街に来たの？」

「なぜって……提波大《だいばだい》に入学したので……」

「そういうことになっているわけね」

「他に何があるって言うんですか？」

「私は君が何らかの目的をもってここに来た可能性について考えている。父親の意志が働いているともね」

「父さんは関係ないですよ！」

むしろ父は反対していたのだ。遠流がだいばに来るのに大反対だったのだ。

突然、気が付いた。

今までずっと父が提波大を避けているのだと思っていた。だけど、そうじゃなかったとしたら……？　父が忌避《きひ》していたのは大学ではなく、だいば市……というより、だいばの結界だったとしたら……？

父は、知っていたのではないか。遠流が小さいときからしばしば『あれ』を目撃していたことを。『あれ』――《事象》が次元衝突によるものだということを。

「貝ノ目悟博士は自分が第一人者なのに招聘されなかったのを根に持っていたのかもしれない。彼は異世界イミグラントを結界越えさせる方法を考案し、我々に後悔させるために息子に実行させたのかもしれない」

馬鹿馬鹿しい。父はそんなことで逆恨《さかうら》みするような人じゃない。

「……サマーズ博士がそう言ったんですか？」

「答える必要はないわ」

つまり、七：三くらいの確率でサマーズ博士が絡《から》んでいるのだ。八：二かもしれない。

「八乙女君。彼の携帯は？」

「私が預かってます」

「結界を無効にする装置が組み込まれていないかサマーズに調べさせて」

さっきから黙って話を聞いていた笠間さんが口を開いた。

「少し、いいでしょうか。砺波局長」

「何かしら？　笠間君」

「貝ノ目さんがそういった目的をもって来たのだとしたら、アンリを秋葉原に連れていくなどという些事にそれを使ったりしないと思うのですが」

「テストだったのかもしれないわ」

「わざわざリスクを冒《おか》して秋葉原まで『猫耳少女☆ミラクルみーにゃん』グッズをゲットしにいくのが、ですか？　実際、すぐに露呈《ろてい》しました」

砺波局長は、一瞬返答に詰まったがすぐ反論を開始した。

「……今の例は、あくまで仮説よ。可能性のひとつということ。懸念《けねん》はもう一つあるわ。

もっとあり得ないような仮説だけれど、現実にあり得ないことが起きているわけだから今はあらゆる可能性を排除出来ないの」

言い終えるなりデスクに設置されたボタンを押す。驚いたことに壁に作り付けの書棚が横にスライドし、その後ろにあるドアが開いて保安課の制服を着た男性二名が現れた。まるでスパイ映画みたいだ。

「詳細《しょうさい》が判明するまで彼を隔離《かくり》するように」

「え……？」

隔離、って……？　あっと思う間もなく制服二人に左右の腕をつかまれる。あまりに急だったため、抵抗を考える余裕すらなかった。

「ちょ……ちょっと……！　どうしてですか！」

「君自身が危険な存在かもしれないからよ。もう一つの懸念が正しいとしたら、場合によっては《事象》対策を抜本から見直さなければならなくなる」

「どういうこと……！　その懸念、って何ですか……？」

「アンリ・マンユが最初に持った印象が正しかったのかもしれない。つまり君は異世界イミグラントだということよ。しかも結界を無効にする能力を持っている」

驚きのあまり、一瞬声が出なかった。

「そんな筈ないでしょう！　確かに僕はだいばの出身だけど、六歳からは市の外……海外で育っているんですから……」

そこまで言って、あっ、と思った。

結界は関係ない。出られるんだ。たとえイミさんだったとしても。手つなぎでアンリを連れ出せるのだから。

「連れていきなさい」

笠間さんは困ったような少し哀《かな》しげな表情を浮かべ、噛んで含めるみたいに言った。

「安全が確認されるまでの辛抱《しんぼう》です、貝ノ目さん。あとで差し入れにいきますから」

◆◆◆

ショックで心の一部が凍りついたようになっていた。

エレベーターで地下深くに降りていくのが他人事《ひとごと》みたいに感じられる。その一方で頭の他の部分はひどく醒《さ》めていた。制服の隊員に左右から腕をつかまれたまま、遠流は頭の隅でぐるぐると考え続けた。

(馬鹿げている……自分が『イミさん』だなんてあり得ない。でも、考えてみるとおかしなことはあったんだ……どうして子供のときから頻繁《ひんぱん》に《事象》を視ていたのか。そうだ。なぜ母さんは異世界を視た話をしたら泣き出したんだ……？　父さんはなぜだいばに来るのにあんなに反対だったんだ……？）

そこまで考えて、点滅しながらぐるぐる回っている赤いランプに現実に引き戻された。

「……あのランプ、何ですか」

左側の若い男が答えた。

「異次元接近警報だ。この辺り一帯にでている」

「余計なことを喋《しゃべ》るな」と、右側の年かさの男。

辺りを見回してここがどこなのか気付いた。表向きには存在しないことになっている地下四階、『イミさん』の収容施設のあるフロアだ。クリーム色のペンキで塗られた鉄扉《てっぴ》が左右に開き、『水の飛び手』の水槽や、雪男のための空調部屋が見える。

（ああ、そうか……危険な異世界イミグラントだからここに収容するんだ）

足が止まる。それ以上前に出るのを拒《こば》む。

凍りついていた心の一部が溶けだし、目を逸《そ》らしていた現実がありありと見えてくる。厭《いや》だ、と思った。こんなところに閉じこめられるなんて厭だ。

「おい。入れ」

腕をひっぱられる。厭だ。なんで自分が隔離されなくちゃいけないんだ……？

厭だ。厭だ。厭だ……！

パーン、と何かが割れるような音が響いた。

乾いた熱い空気が吹きつけてくる。クリーム色の鉄扉が薄れ、二重写しのように赤く灼《や》けた荒野が浮かび上がる。

これは……まさか……！

制服の隊員が小さく叫んだ。

「《事象》だ……！　《事象》発生！」

ここも結界の中だから《事象》が起きてもおかしくない。だけど、なんで今このタイミングで起きたんだ……？

赤茶けた荒野を何かが転がっていくのが視えた。球形の大石みたいなものがいくつもごろごろと荒野を転がり回っている。

「なんだ？　あれは……！」

遠流は母の蔵書《ぞうしょ》を読んだ記憶を引っ張り出した。

「《歩き回る石》じゃないかと思います。確か、ツエ・ナアガイイ……とかいう。ナヴァホ族の伝説の怪物です」

「……危険なのか？」

「どちらかというと凶暴です。人間を追いかけて押しつぶすと言われてます」

それでも実体のない《通りすがり《パッサバイ》》なら恐れる必要はないのは分かっている。

腕をつかんでいる隊員に目をやった。かなり動揺している。この建物の中で《事象》に遭遇するなんて考えたこともなかったのだろう。

彼らは、どれくらい《事象》遭遇経験があるのだろうか？　多元連携局で働いていても自分のように頻繁には《事象》を目撃してはいないのではないだろうか。

彼らは《通りすがり《パッサバイ》》と実体との違いを見分けられるだろうか？

一つの《歩き回る石》がこちらに向かって進路を変えた。三Ｄ映画より遥《はる》かにリアルだ。人の背丈ほどもある石がこちらに向かって転がってくるように視える。

本物のようにしか視えない。

遠流はできる限り大声で叫んだ。

「実体化してる！」

ごろごろごろごろごろごろごろごろごろ……。

「危ない！　逃げてください！」

二人の隊員は悲鳴をあげ、つかんでいる手を放してばらばらに逃げ出した。遠流も駆け出す。彼らとは反対の、《歩き回る石》が転がってくる方向へ。

石は真正面にどんどん大きく迫ってくる。

（大丈夫、いつもと同じだ……いつもと！）

そう胸の中で唱えながら速度を落とさず石に向かって走る。

次の瞬間、遠流は《歩き回る石》の真ん中をすり抜けていた。

やった……。やっぱり《通りすがり《バッサバイ》》だった……。

だがぐずぐずしてはいられなかった。そのまま全力で走り続ける。目指すのはエレベーターホール。うまい具合にエレベーターはＢ４に止まったままだった。飛び乗り、クローズボタンと一階のボタンを同時に押す。

これで一息つける。このホールのエレベーターは一基しかない。彼らはこれが戻るのを待つか、別ルートに迂回《うかい》しなければ追ってこられない筈だ。

チン！　という音が一階到着を告げ、扉が左右に開いた。

関係者以外立ち入り禁止のエレベーターホールに誰かが立っている。

「貝ノ目！」

「百瀬……？」

吃驚《びっくり》した。エレベーターの真ん前に立っていたのは百瀬光太郎だった。

「百瀬、どうしてここに？」

「どうもこうも！　おまえが心配で捜しに出たら、制服に連行されてくのを見たんだ！　こっそり後をつけて、ここまで来たけど鍵がないから地下には行けなくてさ。いったいどうなってるんだよ？」

「わからない。局長に会って……僕は危険な存在だから隔離するって言われて……」

「んな馬鹿な話があるかよ！　貝ノ目が危険物なわけないだろ！」

「うん……」

　でも、百瀬は知らないんだ。遠流が『イミさん』かもしれないことを。

「あの保安課のヤツらはどうした？」

「まいて逃げてきた。まだＢ４だと思う」

「意外とやるな！　よし、逃げよう！」

　いつも使う通用口の方に行きかけたとき、曲がり角の向こうから人声が響いてきた。咄《とっ》嗟《さ》に階段ホールに飛び込み、防火扉の陰で彼らが通り過ぎるのを息を潜《ひそ》めて待った。身柄《みがら》を拘束《こうそく》とか、イミグラントとか言っている。貝ノ目遠流、という名前も聴こえた。

「……僕を捜してる。逃げたって連絡がいったんだ」

「あっちに戻るのは拙いな。このままこの階段を下りてみるってのは？」

名案とは言えないけれど、廊下に戻ればＢ４に残してきた二人か今の連中のどちらかと鉢合《はちあ》わせする可能性が高い。階段を下りると、薄暗いコンクリートの通路に出た。内装の手間をかけておらず、支柱の鉄骨も剝《む》き出しだ。通路はときどき緩《ゆる》く折れ曲がりながら行けども行けども続いている。

「長いね……。地上だとどこらへんかな……」

「随分《ずいぶん》歩いたよな。ここの敷地ってこんなに広かったか？」

壁に貼られた高圧電流の存在を示す黄色いステッカーの前を通り過ぎる。それがなんだか気になった。なんだろう……。

突然、百瀬がパッと床に伏せ、忍者みたいにコンクリートに耳を付けた。

「……足音だ。三、四人……こっちに近づいてくる！」

「どうしよう……」

「とにかく走れ！　どこかには出口があるさ！」

頷《うなず》いて走り出した。通路の緩い角を廻《まわ》る。右手にドアが見えた。出口かもしれない！

勢いよくドアを開けた。

明るい。だけど、自然の光じゃない。そこは煌々《こうこう》と照明が灯《とも》った地下室だった。

「なんだここ……」

遠流と百瀬は部屋の奥に向かって機械とスチール棚の間を歩いた。随分広い。本館の展示室くらいありそうな部屋に、さまざまな電子機器や機械装置が所狭しと置かれている。

（あっ……）

さっきの高圧電流のステッカーの理由が分かった。ここは実験棟《とう》だ。つまり――。

白髪を頂いた上機嫌《じょうきげん》なピンク色の顔がスチール棚の後ろからひょいと顔を出した。

「おや。これは、めずらしいおきゃくさんデスね？」

オースチン・サマーズ博士だ。

「あ……あの……」

どうしよう……。サマーズ博士は、敵かもしれない。

そのとき、ドアをノックする音がした。

「ちょと、ここでまってネ」

サマーズ博士が長い脚《あし》で大股《おおまた》に入り口の方に歩いて行く。

万事休《ばんじきゅう》す……！

折角《せっかく》うまく逃げ出せたのに……百瀬まで巻き込んでしまった……。

戸口の方から話す声が聞こえてくる。

「お仕事中失礼します。Dr.サマーズ。こちらに貝ノ目遠流が来ませんでしたか？」

「ノーノー。だれもきませんデスね」

「失礼しました！　もし貝ノ目遠流を見かけたらご連絡下さい」

「らじゃーデスね」

ドアが閉まる音。足音が遠ざかっていく。

博士が戻ってきて、片目でぱちりとウィンクした。

「もう、だいじょうぶデスよ、トールくん。モモセくん」

安堵《あんど》と混乱。匿《かくま》ってくれた……？　なぜ……？

わけが分からない。サマーズ博士は敵じゃないのか……？

「……礼を言います。ありがとうございました。でも、どうしてですか？　知ってるんでしょう？　彼らが僕を捕まえようとしているって……」

「イエス。となみサンはあなたをイミさんと言ったデスね？」

「そうです。博士が局長にそう教えたのではないのですか？」

「ノー。わたし、言いませんね。でも、トナミさんの意見は、正しいデス」

「僕がイミさんだということですか……？　博士はなぜそれを知っているんですか？」

それに、父との関係だ。なぜ父はサマーズ博士に気をつけろとメールしてきたのか。

「……父はあなたを信用してはいけないと言いました。気をつけろと」

「おお、とても悲しいデスね。サトル、わたしを信用していないのデスね。わたしは、ずっとサトルのプロミスまもっていたのに」

「どうして父の共同研究者だったことを黙っていたんですか」

「ソレを話すとぜんぶ話さないといけない、なるますデスからね。少し話して少し話さない、とてもむずかしい」

博士はデスクの上のパソコンの画面を開いてこちらに向けた。

「だから、ソレはサトルに話してもらうといいデス」

起ち上がったのはスカイプの画面だ。懐《なつ》かしい顔が映し出されて、息を呑《の》んだ。

「父さん……？」

相生の実家にいる父だ。遠流は急いでウェブカムの範囲内に入った。モニタ下部のサブ画面に自分の顔が映って向こうにも見えていると分かる。

「遠流……？　なぜそこにいる！　Dr.サマーズには近づくなと……すぐその場所を離れなさいとメールした筈だ！」

父の顔を見て、ちょっと泣きたくなった。嬉《うれ》しいのと、腹立たしいのと。

「父さん！　もうそんなことを言っている場合じゃなくなったんだよ。局長に言われたんだ。僕は危険な能力を持つ異世界イミグラントだから隔離する、って！　彼らはいま僕を捜してて、サマーズ博士が匿ってくれたんだ」

「なんだって……？　オースチン！　そこにいるんだろう⁉　話したのか！　秘密にすると約束したじゃないか！」

「父さん。サマーズ博士が話したんじゃないよ。僕のせいなんだ。僕が触れていると異世界イミグラントが結界を越えられるんだ。それが撮影されてバレて……」

父は《異世界イミグラント》や《結界》が何なのか知っているだろう。その分野の第一人者だったのだから。

「ああ……なんてことだ……」

モニタの中の父は、両手で顔を覆《おお》った。

「教えてよ、父さん！　どうして？　どうして僕が異世界イミグラントなの……？」

本当に恐ろしいのは、自分が異世界イミグラントだということよりも、両親の子じゃないかもしれないことだ。確かに、両親のどちらにも似ていないのだ。

「……何から話したらいいか……。二十年前だ。私と春子――母さんはともに提波大の教員として働いていた。母さんは『だいばの怪』の研究に、私は異次元衝突仮説に熱中していた。それが同じ現象だと先に見抜いたのは母さんだ。私たちは結婚した」

「母さんが……」

「ああ。その頃オースチンはサバティカル休暇中で、一年の予定で日本に来ていた。おなじテーマの論文を書いていることに気付き、互いに連絡をとりあっていたんだ」

「異次元衝突の……？」

「そうだ。私たちは異次元衝突とそれが引き起こす怪異を仮に《事象》と名付け、フィールドワークの手法で観察することにした。『だいばの怪』を調査し、そのパターンから次に《事象》がいつどこで起きるのかを予測しようとしたんだ。『だいばの怪』の調査は母さんが手伝ってくれた。そしてある日、それは起きたんだ……」

その先を聞くのが怖かった。耳を塞《ふさ》いで逃げ出したかった。だけど、聞かなければ。知らないからよけいに怖いのだ。

「私たちは三人で野外調査中だった。調査と言っても半分は遊びみたいなものだったがな。本当に予測できるとは誰も思っていなかった。だが、その日は大規模な《事象》に遭遇した。目の前に異次元世界が口を開いたんだ。ある筈のない海が視えた。白波がたち、帆掛《ほか》け船が行き交っていた。私たちは興奮し、カメラで撮ったりした。残念ながら写真は全部駄目だったが」

そうだ。光学《こうがく》カメラでは《事象》の光景は撮影できない。

「岸辺の岩場に、長い亜麻《あま》色の髪の女性が立っていた。全身ずぶ濡れで、腕には生まれたばかりの赤ん坊を抱いていた。女性はひどく張りつめた表情で春子の方に赤ん坊を差し出したんだ。春子は、その女性は《濡れ女》と呼ばれるもので、赤ん坊を受け取ってはいけないと知っていた。受け取れば《牛鬼《ぎゅうき》》という妖怪が現れて殺されるかもしれないと。だが、それでも春子は赤ん坊を受け取った。その直後に《事象》は突然収束した。異世界も女性も消え、実体化した赤ん坊だけが残された」

「まさか……」

「そうだ。その赤ん坊がおまえなんだよ。春子は、重い、と言った。さっきまで重さがなかったのに、いま急に重くなった、と。本物の赤ちゃんになった……そう叫んで腕の中の赤ん坊を抱きしめたんだ」

遠流は、《濡れ女》の伝説を思い出した。伝説では海辺でびしょ濡れの女から手渡された赤ん坊は、抱くと最初は軽いがやがて石のように重くなる。

「春子はおまえに夢中だった。春子と私は若い頃の病気のせいで子供が持てないことが分かっていた。私たちは、おまえを実子《じっし》として育てることにしたんだよ。医師免許を持つ友人に頼んで出生証明書を偽造《ぎぞう》してもらい、戸籍《こせき》を作った」

「それって、違法行為じゃない……？」

モニタの中で父は小さく微笑んだ。

「もちろん。だが、その頃にはもう私もその小さな赤ん坊に夢中になってしまっていた。おまえと、法と、どちらが大事かと言われたら考えるまでもなかったよ。私たちが一番恐れていたのは、おまえがいつか元の世界に帰ってしまうことだった。研究により、長期滞在者もいつかは元の世界に帰ることが分かってきたからだ。それでもその日が来るまでおまえを育てようと思った。おまえと暮らそうと思った。私たちは、とても幸せだったよ」

「父さん……」

「おまえが五歳のとき、私たちは驚くべき事実を発見した。おまえは結界を越えられる。異次元衝突理論では異世界から来た者は実体化した結界から出られない筈だったんだ。それまでに観測した異次元イミグラントもみな出られなかった。だが、それはひとつの希望を生んだんだ。だいばの結界の外に出て、できるだけ遠くに行けば、おまえはずっとこの世界にいられるのではないか、と……」

「それで提波大を辞めたの……⁉」

「そういうわけだ」

僕のためだったんだ……父の事情だとばかり思い込んでいた……。

それなのに、自分は父に対して腹を立てていたんだ。なんて愚かで我がままな子供だったんだろう……。

「私たちは海外に移住した。だが、それは空《むな》しい試みだった。だいばを離れてもおまえが《事象》を目撃しているのが分かったからだ。結界を越えられるおまえにはだいばの結界は関係なかった。私たちは思い出した。だいばにいたとき、赤ん坊だったおまえが夜泣きすると高い確率で《事象》が起きていたことを」

「僕の……せい？」

それは、頭の何処《どこ》かで薄々感じていたけれど考えないようにしてきたことだった。

百瀬も泉原さんも『視る』体質だけれど、こんなに頻繁にじゃない。百瀬はメープル通りでユニコーンを視たのが最初で、視たのはだいばに来たからだ。しかし、遠流の場合は子供のときからで、だいば以外の場所でも《事象》に遭遇していた。

なぜそんなに頻繁だったのか？　それは自分の周囲で《事象》が発生していたからだ。

そして、さっきの《歩き回る石》だ。Ｂ４に連れていかれたとき、どうしてまさにあのタイミングで《事象》が発生したのか。

「僕が《事象》を呼び寄せていた……？」

「おまえが悪い訳ではない。おまえには、他の者にはない能力があっただけだ」

「どうしてだいばの外でも《事象》が起きるの……？」

「私たちは、結界は世界の皮膚《ひふ》が薄い場所なのだと考えている。だから異次元衝突で《事象》が起きやすいが、他の場所でも絶対に起きないわけではないんだ」

「世界の皮膚……」

「そうだ。だいばの結界は最大級のものだが、小さな《結界》なら世界中に存在している。おまえは行く先々でそれを見つけてしまった。おまえは《結界》発見装置みたいなものだったんだ」

「だから海外に住んでたときも僕は異世界を視ていたんだね……」

そしてそれを話して母さんを泣かせたんだ。

地球の反対側まで逃げたのに、また遠流が異世界を視ていると知ったときの母の気持ちはどんなだっただろう……。

「異次元世界がぶつかりあっているとき、おまえは世界の皮膚に触れてそこに道を開くことが出来る。逆に、開いた道を閉じることも出来る筈だ」

「トールくんのチカラは境界線を変えるチカラ、いう仮説ネ！　トールくんがだいばボーダーをこえるということは、ボーダーを変えているということネ！」

サマーズ博士がにこにこと画面に割り込んできた。

「だから、ちょとエクスペリメントにご協力おねがいしたいのデスよ！」

「オースチン！　遠流をモルモットにはさせないと言った筈だ！」

「ノーノー、サトル。それはモルモット違いますネ、それはボランティアですネ！」

「ボランティアのモルモットだろう！」

「サトル、ノーベルプライズ欲しくないのデスか――？」

父とサマーズ博士はしばらくスカイプの両側で言い争っていた。

聞いていてだんだん分かってきた。父がサマーズ博士に気をつけろと言った理由が。

博士は遠流の秘密を全部知っていたうえ、この能力――と呼んでいいのかどうか分からないが――に強い興味を持っていたからだ。だけど、博士は父との約束通り遠流の秘密を守っていたし、追っ手から匿ってくれた。信用しても大丈夫だと思う。

そのとき、画面に母の姿が入ってきた。

「母さん……」

「今まで黙っていてごめんなさい。遠流……」

母は溢《あふ》れる涙を拭《ぬぐ》った。

何と言っていいのか分からなかった。

たとえ血が繋《つな》がっていなくても、父は父だし、母は母だった。他に何と呼べる？

「母さん……ごめん。母さんを泣かせて、僕、親不孝だ……」

「愛しているわ。遠流。あなたが誰であっても。どこに居ても」

「母さん。一つ教えて。どうして僕を提波大に行かせてくれたの……？」

「あなたには行きたいところに行く権利があるから。あなたが生まれた世界に戻りたいなら、それを止めることは私たちにはできない」

「そんな知らない世界になんか、行きたくないよ」

「今はそうかもしれない。でも、知らないからと言ってその道を閉ざしてしまってはだめ。あなたの可能性は無限にあるのだから」

　胸が詰まる。

　母も、本当はだいばには行かせたくなかったのだと思う……それなのに、遠流の意思を尊重してくれたのだ。

「母さん……ありがとう……」

「正直に言うとね。だいばに戻っても、戻らなくても、同じだったからなの。世界のどこにいても、あなたは《道》を開けてしまえるから」

　そう言って、朗《ほが》らかな顔で笑った。

　柔らかくて奇麗で、少女みたいないつもの母さんの笑顔だった。

「畜生、目から汗がでやがる……」

　百瀬だ。百瀬は手の甲でぐいと瞼《まぶた》を拭った。

「遠流、その人は？」

「ゼミの友達の百瀬くんです。彼にはすごく世話になっていて、バイトも一緒なんです」

「初めまして、百瀬光太郎です！　貝ノ目には俺も世話になってます！」

「ありがとう。百瀬さん。遠流の友達になってくれて」

スカイプ画面の父が前に出る。

「私からも礼を言うよ、百瀬くん。遠流は引込《ひっこ》み思案《じあん》でなかなか友達ができなくてね」

「こちらこそどうもです！　みんな見る目がないんだな。イミさんだか何だか知らないけど、貝ノ目は思いやりがある、いいヤツですよ！」

「ありがとう、百瀬くん。残念なのだが、遠流にはアルバイトも大学も辞めさせる。大学は今からどこか編入できるところを探す。いいな？　遠流」

「……はい」

小さな声で答えた。今となってはそうするしかない。もうここには居られないのだ。

「貝ノ目、これからどうするんだ？」

「兵庫《ひょうご》の実家に行く。ここを出られたら、だけど……」

「たぶん、ディーエックスには手が回ってるぞ。改札、一ヶ所だからな」

それにきっと駅前の長距離バス乗り場もだ。だいば市から出るための公共交通機関は、この二つしかない。ある意味、この街は今も陸の孤島だった。

「トールくん、モモセくん。ドライブライセンスありますか？」

遠流は首を横に振った。免許はまだ取っていない。

「俺は持ってます。マニュアル車も乗れますよ。実家が中古車販売業なんで」

「グーッド！」

博士はぱちりとウィンクし、寿司ネタ食品サンプルのキーホルダーがついた鍵を百瀬にぽんと渡した。

「非常口からでるとカーパークにわたしの車あります。黄色いミニね。ソレをあなたに貸してあげますですネ」

「わー！　ありがとうございます！　駐車場って、エキスポランドの裏庭のですか？」

「ノーノー。だいぶ中央カーパークですヨ。番号コレね」

「うわ、そんなとこですか。実家の百瀬モータースで整備して返しますよ！」

吃驚した。中央駐車場って駅の近くじゃないか。

中央公園を越えて、図書館も美術館も通り過ぎた先だ。あの地下通路がそんな所まで伸びていたなんて。道理でたくさん歩いたわけだ。

「父さん。母さん。それじゃもう行くから。携帯を取り上げられちゃったからしばらく連絡できないけど、心配しないで」

「ああ、気をつけて。いつもおまえを愛しているから」

スカイプ画面の中央で身を寄せあった両親が小さく手を振る。

通路に出ようとしたとき、戸口の上の壁で赤いランプが点滅しながらぐるぐる回っているのに気付いた。さっき見た廊下のランプと同じだ。

「あれは異次元接近警報ですか？」

「イエス。一時間前、レーダーが捉えましたネ。どんどん大きくなってるマス。今までストロンゲストな反応デス。ストロング過ぎて、どこに《事象》おきるか予測できないデス。今までにないような《事象》なるかもしれません」

それなら、なおさら自分はだいばを出た方がいい。異次元接近中はそれでなくとも《事象》が発生しやすいのだから。

6 霧の壁の向こう側

「シートベルト締めろよ！」

「うん！」

百瀬《ももせ》の運転は若干《じゃっかん》荒っぽかった。だいば市の道路はアメリカ並みに広くて直線的だからスピードが出やすい。その道を縫《ぬ》うように車線を変えながら速度を上げる。

「ミニって初めて乗るけど、楽しいな、これ！」

「百瀬、追跡されてるわけじゃないから、目立たないようにゆっくり走った方が……」

「あ、そうか」

十九号線を南下して常磐《じょうばん》自動車道に入る。とりあえずだいば市を出てしまえば多元連携局の権限はなくなる。彼らが遠流《とおる》を危険人物と見なそうが、捕縛《ほばく》することはできない。三十分ほど常磐道を走って、サービスエリアのパーキングに入った。

「首都圏に入る前に一休みしよう。こっから先は渋滞《じゅうたい》があるから時間が読めない」

真新しいフードコートに席を取り、メロンソフトクリームで一息つく。

「これ旨《うま》いな！　汗掻いた後だから余計に旨い」

「百瀬。こんなことに巻き込んで本当にごめん。僕がイミさんだったから……」

「おまえがイミさんだったのはおまえの責任じゃないだろ。友達だってことには変わりないじゃないか。アンリとだって友達だろ」

「うん……」

そうだ。でも、もうアンリとは会えないんだ……泉原《いずはら》さんともたぶん会えない。

「泉原さんとアンリによろしく、って言っておいてくれる……？」

「ああ、任《まか》せとけ」

「笠間《かさま》さんと八乙女《やおとめ》課長にも」

「八乙女課長には言わなくてもいいだろ」

「でも、結果的に迷惑かけたし……」

八乙女課長はしなければいけないことをしただけだし、それに胃が痛そうだった。

「何もかもありがとう。羽田《はねだ》まで送ってくれたらあとは飛行機で行くよ」

「飛行機代、大丈夫なのか？」

「家族クレカを持たされてるから」

「うわ、いいなあ。何でも買えるじゃないか」

「そうでもない。何を買ったか親に筒抜けなんだよ」

親、という言葉が喉元《のどもと》にひっかかる。

本当の両親じゃなかったんだ……。

父さんと母さんが自分にしてくれたたくさんのことを思い出す。血が繋《つな》がっていないと分かって、今まで当たり前に思っていた一つ一つの意味が重い。

そのとき、だいば市、という言葉が耳に入ってきた。フードコートのパブリックビューアーに映し出されているニュース番組だ。

「なんだろう」

――今入ったニュースです。午後六時十五分頃だいば市の中心部に突然発生した濃霧《のうむ》の影響で、だいばエクスプレスは研究学園駅とだいば駅間の運行を見合わせています。通行止めとなっている幹線道路は国道二十四、五十五、一二四、二三七、四〇八。当該《とうがい》のエリアに通じるすべての道路が通行できません。エリア内との通信は携帯電話が不通になっているだけでなく、インターネット、固定電話の回線も全て不通になっており――

「おい。どうなってるんだ……？」

百瀬が急いで「#だいば」を検索《けんさく》する。既《すで》にたくさんの写真が投稿されていた。

『なんぞこれ！　#だいば』『霧《きり》じゃないよ　壁！　壁だよ！　#だいば　#壁』『わらった　マジで入れない　はじかれる　#だいば　#壁　#エキスポランド』『友達が中にいる……つながらない　ラインもだめ　心配　。・゜・(ノД`)　#だいば　#霧』

《事象》……⁉

「百瀬、場所はどのへん……？」

「投稿場所で見た感じ、だいば駅前パーキングと駅前ペデから撮ってるのが多い。中央公園と文化会館のあたりがすっぽりだ。たぶんエキスポランドも入ってる」

投稿写真を見つめた。真珠色に光る霧の壁が景色をくっきりと二つに切り取っている。違う。《事象》じゃない。こんなものは自分も経験したことがない。

遠流はサービスエリアの公衆電話にありったけの十円玉をつっこみ、うろ覚えの父の番号にかけた。二回間違い電話をかけたあと、本人につながった。

「父さん！　ニュース見てる……？　だいば市が……」

「遠流か！　見てるぞ。おまえは今どこだ？」

「そっちに向かう途中！　もうだいばの外だよ。常磐道のサービスエリアでニュースを見たんだ。いったい何が起きてるか分かる……？」

「観測史上最大の異次元接近が起きていたことだけは分かっている。直前までオースチンとそれについて話し合っていたんだが、突然通信が途絶《とぜつ》した」

「サマーズ博士は、今までにないような《事象》が起きるかもって……」

「ああ。その可能性はある。外部から現象を視認できる、壁ができて入れない、さらには無線だけでなく有線通信が途絶したのが気になる。今まで観測されたことのない現象ではないかと思う」

「それってどういう意味……？」

「これまでに観測された《事象》は向こうからこちら側に来るものだった。今回のは逆だ。こちら側から向こうの世界に行ってしまっている可能性がある」

「向こうへ……？　でも、戻ってくるんだよね……？」

「はっきりしたことは言えない。向こう側に行き、向こう側で実体化するというのは異世界イミグラントになるということだ。このまま衝突が終わってしまったら、次にその世界と衝突が起きるまで戻ってこられないかもしれない」

「そんな……」

　みんなあそこにいる。泉原さんも、笠間さんも、アンリも、サマーズ博士も。大学のクラスメイトもいるかもしれない。

「……父さん。僕は『世界の皮膚《ひふ》』に触れて道を開けるんだよね……？」

「ああ。二つの世界がぶつかり合っている間は」

「僕なら、あの中に入れるんじゃない……？　入ってみんなを助けられるかも……」

「理論的には可能だ……可能だが、いつ次元衝突が終わって世界が離れるか分からない。そうなったらおまえでも戻ってこられないぞ」

「でも、可能なんだね……」

自分が持っている力でみんなを助けられるかもしれない。小さいときから自分を震え上がらせてきた『あれ』を引き起こす力が役に立つかもしれないんだ。

ちゃりんちゃりんと音を立てて公衆電話の中に十円玉が落ちて行く。

「父さん。愛してる。さよなら……今までありがとう。母さんにもそう伝えて」

「遠流！　何をするつもりだ⁉　やめなさい、おまえも向こうに……」

ぷつり、と電話が切れた。いれた十円玉がおしまいになったのだ。

ごめん。父さん……。でも、僕は行かなければ。

「百瀬。悪いんだけど……今からだいばに戻りたいんだ……」

百瀬は電話の話を聞いていたらしい。

「おい、マジか？　本当にあの霧の中に入る気なのか、貝ノ目《かいのめ》」

「今回のは、いつもの《事象》と反対にこっちから異世界に行ってるらしいんだ。巻き込まれて向こうに行った人は戻って来られなくなるかもしれない。だから、助けに行く」

「親父さんは何て言ってたんだ……？」

「理論的には可能だって。でも次元衝突が終わって世界が離れる前に行かないと間に合わないんだ」

「戻ったら、あの連中はおまえを捕まえるぞ」

「仕方ないよ。でも、アンリもあそこにいれられてたけど今はアドバイザーだし、僕がしばらくのあいだ我慢しさえすれば……」

百瀬は唇《くちびる》をぎゅっと結んで三秒くらい考え、思い切りよくきっぱり言った。

「よし、分かった。急いで戻ろう！」

「ごめん……！」

「謝るなよ。みんなを助けに行くんだろ」

百瀬は常磐道を降り、だいぶ市に向かって下道を走り始めた。

父さん。母さん。本当にごめん……。だけど、みんなを助けられる可能性があるのに見過ごすのは、僕にはどうしても出来ない。

カーラジオでニュースを聞いた。霧の中に取り残された人たちとは依然《いぜん》として連絡がとれず、安否《あんぴ》不明と伝えている。警察が行方《ゆくえ》不明者の人数を確認中。

だいぶ市内に入ると、あちこちで道路が封鎖《ふうさ》されていた。赤いコーンが置かれ、警察車両が道路を塞《ふさ》ぐように停《と》まっている。これでは霧の壁に近寄れない。

「裏道に回ろう。路地までは手が回ってない筈《はず》だ」

エキスポランド近くにある公務員宿舎群の折れ曲がった路地に入って車を停める。育ち過ぎた植え込みの灌木《かんぼく》が視界を遮《さえぎ》っていて表通りにいる警官からは見えにくい場所だ。

「百瀬。ありがとう。ここからは歩いていくから」

「ここまで付き合ったんだ。ついてく」

あたりはもう夕闇《ゆうやみ》に包まれている。スマホの光で足元を照らしながら灌木の茂みを抜けると、真珠色に淡く光る霧の壁が現れた。エキスポランドも図書館も美術館もなくなっている。光る壁の向こうは全く見えない。

「うわ。凄《すげ》えな、これ……」

百瀬が霧の壁の表面にてのひらをあてた。

「ぜんぜん入れない。ふんわりしてるけど、布団《ふとん》に触ってるみたいだ。いつもの《事象》なら問題なく入れるのに」

遠流も霧の壁に触ってみた。抵抗なくすっと手が中に入る。百瀬が目を瞠《みは》った。

「壁にめりこんだ！　やっぱり入れるんだな！　貝ノ目は」

「うん……」

驚き半分、やはり、という気持ちが半分だった。

これが世界の皮膚……。自分は世界の皮膚に触れられるんだ。

「ホントにありがとう、百瀬。それじゃ僕は行くから……」

霧の壁に入ろうとしたとき、百瀬が二の腕をつかんだ。

「待てよ！　一人で行く気か？」

「だって、百瀬は入れないじゃないか」

「手をつないでけば俺も入れるだろ。アンリを結界の外に連れ出したのと同じだ」

「でも帰ってこられる保証はないんだよ。向こうがどうなってるのかも分からないし」

「分からないんなら、それこそ二人で行った方がいい」

「駄目だよ、百瀬。手を放して」

この霧の向こうはもう異世界なのだ。危険かもしれないし、何が起きるか分からない。

自分が行くのは勝手だけれど、百瀬にそこまで付き合わせるわけにはいかない。

だが、百瀬はがっちり腕をつかんだまま放さなかった。

「じゃあ、こういうのはどうだ？　手をつないでおまえが先に中を覗《のぞ》く。大丈夫そうなら
そのまま俺も入る。危険だって分かったら合図をくれれば俺の方がひっぱっておまえをこ

っちの世界に引き戻す」

「本気なの、百瀬……」

「おまえにだけいい格好させられるかよ。ヒーローになるチャンスだからな！」

軽口みたいに言いながら、百瀬の表情は真剣だ。

これ以上言い争っていては時間が無駄になるばかりだ。それに、正直に言えば百瀬が一緒に来てくれるのは心強かった。

「……それじゃ、手を一回握ったら危険、二回なら安全だから百瀬も来て」

「よし、決まりだ」

手をつなぎ、淡く光る霧の壁に一歩踏み込んだ。

霧が薄くなってその中にぼんやりと緑の草原が透《す》けて見える。つないだ手を見ると、百瀬の腕が途中まで見えていてそこから先が消えたみたいになっていた。こちら側には霧の壁がないので、何もない空間からいきなり腕が生えているように見える。

とりあえず危険なものはなさそうだ。つないだ手を二回、強く握る。

何もない空間から手をつないだままの百瀬の上半身が現れた。

「ぷはっ！　どうだ？　大丈夫ならこのままそっちに行くぞ」

霧の壁を通るとき息を止めていたらしい。

「待って！　戻れるか確かめる。そちら側で引っ張ってみて」

「よし！　やるぞ！」

百瀬が頭を引っ込め、強く手を引いた。

自分の中の何かがくるりと動く。世界が通過していくのが解る。

（あ……この感じ）

次の瞬間、霧の壁の外側に出ていた。足を踏ん張って遠流の手を引っ張っていた百瀬が真っ白な歯で笑う。

「やったな！」

「うん。今のでやりかたが分かった気がする。今度はひとりでやってみるよ」

霧の壁に触れる。世界の皮膚が視《み》える。

（分かった……一方に焦点《しょうてん》を合わせてもう片方の世界を《押せ》ばいいんだ……！）

軽く《押す》と、世界が動いてさっきの異世界になった。

もう一度、今度はもっと意識して《押す》。するりと霧の壁の外に戻ってくる。

（こんな、簡単なことだったんだ……）

まるで、唇をすぼめて息を吐いたら口笛が鳴るみたいに自然だった。

今までも、恐らくはやろうと思えばできたのだ。でも、いつもパニックになっていたから自分でできるなんて思いもよらなかった。

「大丈夫みたいだ……行くのも戻るのも自分でコントロールできる」

「貝ノ目、やっぱおまえはやればできる子だって！」

二人で手をつないで霧の壁を越え、さっきの草原に出た。

「うわー、本物の異世界か。《事象》のときとは違うな」

「うん。《事象》では景色は視えてるだけだけど、ここでは全部本物なんだよね……」

「もう手を放しても戻ったりしないか？」

「戻らない筈だよ。実体化しているから」

おっかなびっくり手を放してみる。百瀬は消えなかった。つまり霧の壁が発生したとき巻き込まれた人たちもまだここにいる可能性が高い。

「みんなどこだろう……」

草原の緑の風の匂《にお》い。異世界の風の匂いだ。

ダイダラボッチの世界と違うのはすぐ分かった。あの世界は真っ平らな湿原だったが、ここはなだらかな丘陵《きゅうりょう》地帯で、ところどころにこんもりとした森が点在している。

森の上に低く沈みかけた太陽があり、そして空の反対側の地平線の近くには大小二つの月がかかっていた。空の色は淡い紫から輝くオレンジへと変化する奇妙に美しいグラデーションだ。

「ここは人間がいない世界なのか？」

「さあ……どうだろう。視えてないだけかも」

《事象》発生時、向こう側から来た者たちはこちらの姿が見えていないように振る舞う。自分たちは既に実体化しているけれど、まだ完全にはこの世界とフェーズが一致していないのかもしれない。目を凝《こ》らすと、地平線の近くにそびえる岩山に石造りの建物が見えた。人工物があるということは、人かそれに類した者がいるということだ。

そのとき、丘の斜面で何かが光った。水平に並んだ二つの丸い光。何か大きな生き物の眼《め》のように見える。

「なんだ？　あれ……？」

眼のように並んだ二つの光はかなりのスピードでこちらに向かって走っている。

「怪物……？」

「いや違う……あれは……ヘッドライトだ！」

そう言っている間にも二つの光はどんどん近づいてきた。唸《うな》るようなエンジン音が聞こえる。百瀬の言った通り、怪物ではなくて車だ。この世界のもの？　それとも……。

草原に二本の轍《わだち》を描いて走ってきたジープみたいな車が目の前に停まった。

車のドアが開き、見覚えのある制服の男が草原に降りてくる。

「貝ノ目遠流と百瀬光太郎《こうたろう》か？」

「そうです。杉山《すぎやま》さんですね」

車から降りてきたのは、保安課大型イミグラント対策班の杉山班長だった。続いてもう一人。そちらも見覚えがあった。

「班長、こいつ異世界イミグラントですよ！　収容途中で逃亡したんです！」

局長室から遠流をＢ４に連行した隊員の片方だ。《歩き回る石》が実体化していると言ったら、見事に信じたのだ。

「あー……さっきは騙《だま》して済みませんでした。でも、今はあなたも異世界イミグラントですよ。ここは異世界ですから」

「この野郎、利《き》いた風な口を！」

けんか腰の隊員に、百瀬が突っかかる。

「あったま悪いな！　事実じゃないか。なんで分からないんだ？」

「百瀬、事実でもそういう言い方って角が立つから……」

それでなくともこの人は遠流に恥をかかされたと思っているに違いない。

「だって、わざわざ助けに来たのにそんな言い方する方が悪いだろ」

「助けにだと……？　どういうことだ」

「貝ノ目は世界の壁を通れるんだ。貝ノ目ならみんなを元の世界に帰せる」

黙って聞いていた杉山班長が口を開いた。

「貝ノ目遠流が特殊能力を持つ異世界イミグラントだったというのは聞いている。結界を無効に出来るそうだな」

「さっきこいつを保護施設に連れていこうとしたときも《事象》が発生したんです！　この《事象》もこいつが起こしたとも考えられます！」

「本当に馬鹿だな！　これが起きたとき、貝ノ目はだいばの外にいたんだぞ。俺と常盤道ドライブしてたからな。守谷《もりや》サービスエリアでだいば市が大変なことになってるってニュースを見て、引き返してきたんだ。ここにはたった今来たところだ」

「信じられるか！」

百瀬と隊員は睨《にら》み合っている。困った。自分を信頼してくれないと救出に差し障《さわ》る。

遠流と百瀬を眺めながら考え込んでいた杉山班長がふと尋《たず》ねた。

「まて。さっき、手首だけ来なかったか？」

「来ました。壁のところで、中に入れるかどうか手で試したんです。百瀬の手は弾《はじ》かれたけど、僕の手は抵抗なく入りました」

杉山班長はううむ、と唸った。

「どうやら、本当らしいな」

「どうしてです？」

「さっき、空中から手首が生えて引っ込むのを見たからだ。男の手にしては華奢《きゃしゃ》だったが、女の手ではなかった」

杉山班長はいきなり遠流の手首をつかんだが、すぐに放した。

「細っこい手だな。生えてたのは、この手だ」

「あのとき僕の手をつかんでたら、杉山さんは壁の向こうに戻れてましたよ」

「いや。班の連中を残して俺だけ戻るわけにはいかないからな。壁というのはなんだ？」

百瀬がかわりに説明した。

「だいばの中心部に霧の壁みたいなのができたんだ。眼に見えるしカメラにも写る。けど内側には入れないし、中に取り残された人と連絡もできないしで、大騒ぎになってる。警察が市内の幹線道路を封鎖してた。長引いたら自衛隊もくると思う」

「壁そのものは外部から見えるが、中には入れないんだな？　これは今までの《事象》と違うのは認識していたが……」

「父は過去の《事象》とは逆向きの現象だろうと言っていました。異世界から来るのではなく、こちらから行ってしまったのだろうと。でも、僕なら世界間を往来《おうらい》できるのではないか、と……。実際にやってみたらここに来たんです」

「父というのは貝ノ目悟《さとる》博士か？」

遠流は頷《うなず》いた。杉山班長の口から父の名が出ても、もう驚かなかった。多元連携局では父はよく知られた存在だったのだ。

「なるほどな……とりあえず、今はおまえを信用するしかないようだ」

「ありがとうございます！」

「班長、しかし……」

「信じたから損をするということもないだろう」

杉山班長は屈《かが》みこんで足元のバジルに似た植物の葉を二枚一緒に毟《むし》り取った。

「見ろ」

毟った葉を掌《てのひら》に載せ、遠流と百瀬の目の前に差し出す。と、風もないのに葉が左右に揺れ始めた。二枚の葉は茎を中心にして蝶のようにぱたぱた羽搏《はばた》き、浮き上がり、ふらふらと宙を飛んで草原に舞い戻ると別の枝に止まってそこにくっついた。

百瀬が素《す》っ頓狂《とんきょう》な声を上げた。

「なんだこれ⁉」

「草だ。この世界のな」

杉山班長はぱん、と手を払った。

驚いた……。今まで《事象》のたびにいろんな世界を視てきたけれど、こんなのは初めてだ。この世界と自分たちの世界が交わるのはこれが初めてなのかもしれない。

「ここは本物の異世界だ。俺たちは実体化した《短期滞在者《テンポラリー》》ということだ。《長期滞在者《エクステンデッド》》になる前に全員元の世界に戻すのが多元連携局員としての責務だ」

「戻すのは僕がやります。次元衝突が終わるまでが勝負です。父は世界が離れてしまったら僕でも越えられないだろうと言ってました」

次元が互いに接触している持続時間は短いときは数十分、最長で三週間と言われている。今回のは始まって二、三時間は経《た》っている筈だ。急がなければ。

「そうだな。問題は、跳ばされた人間が実体化した場所が散らばっていることだ。何人跳ばされたのかも分からない。幸か不幸か我々は車ごと跳ばされた。だいぶから来た人間を捜してピックアップしているところだった。ここの結界はかなり広いようだ。随分《ずいぶん》走っているが、まだ結界に到達していない。全員捜し出せるかどうか」

「えっ……そんなに広いんですか！」

それは大問題だ。白状すると、霧の壁の内側くらいの狭い範囲内にみんないるのだと思っていたのだ。広い範囲にばらけているとしたら捜すのは容易じゃない。総人数が分からないとするとなおさらだ。

「他の人たちは？」

「あの森だ。木陰と水がある。笠間がまとめている筈だ」

「笠間さん、来てるんですね」

ちょっとホッとした。笠間さんがいると思うとなんとなく心強い。

「発生時にエキスポランド周辺と中央公園にいた人間はみな巻き込まれた。あそこまで送って行こう。集まっている者からだいばに戻してやってくれ」

百瀬と二人、ジープみたいな車の後部座席に乗せてもらった。

《事象》のとき向こうから来るのは人や生き物だから車がこっちに来たのは不思議な気がしたけれど、よく考えてみれば衣服は着たまま跳ばされているので同じことかもしれない。その人に属するものは一緒に来るのだ。

杉山班長は草原が森に切り替わるあたりで遠流と百瀬を降ろしたが、自分たちは車を降りなかった。

「森には径《みち》があるからそこを行け。ちょっと歩くと小川に出る。その近くに皆いるはずだ。我々はまたパトロールに行く。一人でも多く見つけてくる」

「お願いします！」

「別に頼まなくていい。これは我々の仕事だ。おまえはおまえの仕事をしろ」

草原に轍を残して車は走り去って行く。百瀬は走って行く車をじっと見つめた。

「俺、なんか杉山班長の印象、変わったよ」

「うん。僕も」

保安課には保安課の仕事があって、スタッフはそれを全力でやっているのだ。

「じゃ、行ってみよう」

「うん」

杉山班長の言った通り、森の中にはゆるやかにカーブする径があり、その両側には羊歯《しだ》の木が並木のように整列していた。まるで恐竜時代みたいだ。ドラム缶サイズのパイナップルみたいな幹のてっぺんから巨大な葉が何枚も伸びている。先がくるくる丸まった若芽は大きさも形も魔法使いの杖《つえ》にそっくりだった。

百瀬と一緒に羊歯の並木径を歩く。径には植物が生えておらず、人工的な感じがした。

「凄《すご》い森だな……熱帯雨林とも違うけど」

「うん。気温は高くないね……」

それでも湿度は高い。低温多湿な感じだ。羊歯植物以外の広葉樹木もあるが、どれもみな大きい。豆に似た蔓《つる》植物の薄紫の花房《はなぶさ》は両腕で抱《かか》えるほどもあり、その下を歩くとコロポックルになったような気分だった。

少し行くと、水音が聞こえてきた。その音に混じって人声がする。

「……ここにはどんな危険があるか分からない。どこに行く場合も数人ずつ固まって行動するように君から皆に言ってくれないか」

この声……！　八乙女課長だ！

百瀬と遠流は顔を見合わせた。

「行こう！」

鬱蒼《うっそう》と生《お》い茂った森の中、羊歯の径を大急ぎで声のする方に向かった。

「八乙女課長！」

二人が同時に振り向いた。八乙女課長と、その隣にいるのは笠間さんだ。

「貝ノ目君！　逃げたと聞いたが、君も巻き込まれたのか？」

「いいえ、巻き込まれたんじゃないんです。僕は自分の意志でここに来ました。僕ならみんなを助けられるから。百瀬は、僕につきあって来てくれたんです」

遠流は逃げ出してからいままでの経緯《けいい》をざっと話した。二十年前の《事象》のときに両親に拾われたことも。

「貝ノ目君……」

八乙女課長はそのまま絶句した。笠間さんの声はいつもと同じに柔らかだった。

「そうだったんですね。貝ノ目さん。それは、辛《つら》かったですね……」

「いつかは知らなくちゃいけないことだったんです。それに、血が繋がってなくても育ててくれたことには変わりありませんから」

「貝ノ目さんを見れば素晴らしいご両親だと分かりますよ」

笠間さんにそう言われて、改めて両親がどれほど愛していてくれたか気がついた。これが全部うまく終わって、向こうに戻って、保護施設から出られたら絶対に会いに行こう。そしてできるだけたくさん親孝行しよう……。

「へーえ。それじゃ、遠流くんはやっぱり異世界イミグラントだったたってわけだ」

声の主《ぬし》に目をやった。出向職員の四土鳴見《しどなるみ》だ。

この人も巻き込まれたのか。滅多《めった》に仕事に出て来ないのに運が悪いというか。

「あんたも今はそうだろ、四土さん」

「もちろんだよ、百瀬くん。俺たちみんな異世界イミグラント、ってね」

百瀬が睨んだが、四土はどこ吹く風という調子だった。

「それより、八乙女さん。食えそうな果物を見つけてきましたよ。こんなのが、あっちの茂みに鈴なりになってるんです」

両腕に抱えた真っ赤な果物を差し出す。形はラズベリーの果実に似ているけど、大きさが桁違《けたちが》いだった。集合果《しゅうごうか》を形作る一粒一粒の大きさがダークチェリーほどもあって、それが合わさった果実はひとつで南瓜《かぼちゃ》くらいのサイズがある。

「どうです？　美味《うま》そうじゃないですか」

「駄目だ、四土。見た目が美味そうでもここの果物は食うな。どんな毒があるか分からん。恐らくここは伝説にもない完全に初接触の世界だ」

「そんなこと言ったって、どうせもう空気を吸っちゃってるじゃないですか」

笠間さんが小さく笑った。

「できる限り慎重に、ということですよ。これは異世界イミグラントを保護するときのルールなんです。異世界から来た者にとって何が毒か分からないからなんですよ」

「ちぇ。せっかく採《と》ってきたのになあ。じゃあ、水で我慢するか」

「いや。水もやめておいた方がいい。未知の病原体がいるかもしれん」

「だけど、飲まず食わずじゃそんなにもちませんよ」

「分かっている。《事象》が短時間で終わって戻れるように祈るしかない」

「《事象》が終わったからって戻れるんですか？　こんな風にこっちの人間が向こう側に行っちゃって実体化したって例はいままでないですよね」

「うちにデータがないだけだ。伝説では知られている」

「神隠しにあって、何年もしてふらっと帰ってきたっていうような話ですよね？　すぐ戻れるかどうかの指標にはならんでしょう」

「あの！」

遠流は我慢し切れなくなって二人の間に割って入った。

「僕はそのために来たんです。みんなをだいばに帰すために」

さっき杉山班長にした話をもう一度話した。もう少し丁寧《ていねい》に説明をいれて。

「父によると、僕は《世界の皮膚》に触れるんだそうです。実際にやってみて分かりました。世界がぶつかっている間なら、僕は道を開けるんです」

「本当なのか……？　貝ノ目君、自分以外の人間も連れていけるのか？」

「さっき百瀬に協力してもらって行き来してみました。帰る方も大丈夫です。僕と手をつないでないと駄目ですが」

八乙女課長は唸り声をあげた。

「なるほど……結界越えと同じなんだな……」

「うんうん。そりゃあ凄いねえ、遠流くん」

この人が言うと全然凄いように聴こえないのは何故《なぜ》だろうか。四土はふと思いついたように付け加えた。

「あ、そうだ。八乙女さん。さっきの水の話ですけど。あっちの連中、もう飲んじゃってますよ」

「なんだと！」

木々の向こうで渓流《けいりゆう》が小さな滝になって幾筋もの白い筋のように階段状の岩肌を流れ落ちている。八乙女課長は大慌《おおあわ》てで苔《こけ》むした岩の階段を下りて小川の方へ向かった。

岩が連なるその先は透き通った天然のプールになっている。水面には蓮《はす》に似た水生植物が葉を広げ、淡い青色の花を咲かせていた。その天然プールの岸辺に二、三十人くらいの人がいる。岩場に腰を下ろし、靴を脱いで澄んだ水に足を浸《ひた》している人もいた。

「おい、君たち！　川の水を飲んだのか！」

「冷たくて美味《おい》しいですよ。葉っぱでカップを作って。飲みますか？」

「いや……飲まない方がいいと言いに来たんだが……せめて煮沸《しやふつ》した方が……」

八乙女課長は胃が痛そうだ。四土はにやにや笑った。

「奇麗な水なのになあ。八乙女さんは心配性の苦労性だからねえ」

確かに一見すると水は澄んでいて泳ぎたくなる美しさだ。だが、ここは全く未知の世界なのだから用心に越したことはないと思う。

遠流は目を凝らして岸辺を見回してみた。だが、そこにも泉原さんの姿はなかった。

「あの……泉原さんは？」

「まだ見つかっていないんですよ。発生当時局内にいたので、こちらに跳ばされているとは思います。サマーズ博士もです」

「そうですか……」

泉原さん、どこにいるんだろう……。

心配だけど、杉山さんたちが見つけてくれるのを祈るしかない。水辺の人たちを眺めていると、不意に四土が上半身をかがめるようにして耳元で囁《ささや》いた。

「ところで、遠流くん。物は相談なんだけどさ。君と一緒ならだいばに帰れるんだよね？俺、帰って局長に報告しなきゃだから、一番に連れてってくれないかな？」

「そうですけど。えっと……でも、一番というのは……」

水辺にいる人々に目をやった。若い人、年配の人、男性、女性。

みんな戻りたい筈だ。それぞれ会いたい人だっているだろう。この人たちより四土を先にする理由が見つからない。

「ごめんなさい、四土さん……」

「おいおい。まさか断るんじゃないよな？　同僚《どうりょう》だろ？」

冗談のような軽い物言いがうっすら恫喝《どうかつ》めいた調子を帯びる。

そのとき、後ろから柔らかな声が聞こえた。

「四土さん。まずは民間人からですよ。私たちは立場上、その後です」

笠間さんだ。四土は頭を掻いた。

「笠間ちゃん、それは分かるけどさあ……」

「分かるなら、そうしましょうよ」

笠間さんはほんわりと笑った。

「……笠間君の言う通りだ」

八乙女課長だ。ネクタイを弛《ゆる》め、息を切らしながら岩の階段を上ってくる。

「体調の悪い人が最初だ。それから集まった順に。我々は最後だ」

「八乙女さん。最後って、それ、この中で一番後ってことですか？」

「違う。巻き込まれた人間全員を捜し出し、その全員を元の世界に戻してから一番最後に我々が戻る、ということだ」

「えー！　杉山ちゃんたちが全員捜し出すのを待ってたら、いつになるか分からないじゃないですか。だいたい、頭数が分からないのにどこで打ち止めにすればいいんです？」

「それでも、我々は最後だ」

「そんな、殺生《せっしょう》ですよ！　遠流くん、君の個人裁量で先にしてくれないかな？」

「ごめんなさい。僕は八乙女課長の方針に従います」

八乙女課長はちょっと驚いた顔をした。

「ちぇ、堅いなあ。世の中魚心《うおごころ》あれば水心《みずごころ》、ってのに」

四士が頭を掻く。何が魚心なんだろう。この人が何かしてくれるとは思えないんだけど。

「済まん、貝ノ目君。そういうことで頼みたい。一度に何人運べる？」

「数珠《じゅず》繋ぎになれば何人か一緒に行けるかもですが、万一途中で手が離れたら……」

「世界の狭間《はざま》に落ちるかもしれないか。右手と左手に一人ずつだな。皆には私から話す。世界と世界の間を渡るという話は理解しづらいだろう。説明の時間も惜しい。君が帰り道を知っているが道が細いので二人ずつ手を引いて行くと言おう」

そのとき遠流の傍《かたわ》らで聞いていた百瀬が口を挟んだ。

「待てよ。その説明で納得して貰《もら》うには、それらしい通路みたいのが必要じゃないか？　通り抜けたら向こう側に出る、みたいな場所ってこの辺にないか？」

「あるよ、百瀬君。お化けラズベリーの茂みにうってつけのところが」

「ホントか？　四土さん。俺、見てくるよ」

百瀬と四土がお化けラズベリーの茂みを見に行き、八乙女課長は再び岩の階段を下りて水辺に集まっている人たちに説明しに行った。

「聞いてくれ。ここからだいばに戻る帰り道が分かった。だが、二人ずつしか通れない。順番を決めよう」

帰れるという言葉にざわついて、ひとりひとりが不安な顔を見合わせる。

「……おい、だいばに戻れるって……」

「戻れるらしい」「本当か？」「分からないが……」

一刻も早く帰りたい人がいる反面、帰れる保証もないのに行くのは怖いという人もいた。二人ずつしか行けないというのが信じられないという人もいる。

その間に、笠間さんが一人ずつに訊《き》いて回った。

「あとで連絡をとりたいので、お名前と連絡先を教えて頂けますか？　それと、一緒にいたのにまだ見つかっていない人の心あたりがあったら教えてください。ここに来る前に近くにいた人で、いまここにいない人を知りませんか？」

ほとんどの人がスマホや携帯を持ったまま来ていて、通信はできないがメアド交換はできるみたいだった。笠間さんはメアド交換しつつ、まだ見つかっていない人の情報を収集している。笠間さんに警戒感を抱く人は、あまりいない。

そのとき、茂みを見に行った百瀬と四土が戻ってきた。

「ばっちりだ！　茂みにアーチ型に抜けたところがあって、奥行き十メートルくらいの緑のトンネルになってる」

「ありがとう、百瀬！」

「最初に見つけたのは俺なんだけどなあ」

四土がぼやいた。そういえばそうだ。

「ありがとうございます、四土さん」

そうしている間に水辺では誰から行くかというのがまとまったらしく、八乙女課長と一緒に数人が石段を上ってきた。

「この二人が一組目だ。頼む」

気分が悪くなっている二十代の女性と、腎臓《じんぞう》に持病《じびょう》のあるという八十代の男性だ。はやく戻って透析《とうせき》を受けなければ命が危ないからだ。

「分かりました。僕が案内します。こっちです」

八乙女課長が頷く。百瀬が先導して一行はお化けラズベリーの茂みに向かった。百瀬が言った通り、茂みにはアーチみたいな穴が開いていた。団扇《うちわ》サイズの葉が重なりあった茂みには、かぼちゃサイズのラズベリーが鈴なりになっている。

「この向こうがだいばです」

「本当に、帰れるのですか……？」

「心配ないですよ。すぐ着きますから。ただ、向こうに着くまで絶対に僕の手を放さないで下さい。放すと危険なんです」

二人とも不安そうだった。

本当は遠流も不安だった。でも、自分が不安な顔をしていたら駄目だ。

「さあ行きましょう」

にっこりと笑みを浮かべ、右手で女性の手を握り、左手で年配の男性の手を握る。

そしてしっかり手をつないだまま緑のトンネルに踏み込んだ。包み込むように濃い緑の匂い。出口の明かりが葉の緑と果実の赤に透ける。

今だ……トンネルを抜ける前に移動しなければ……。

瞼《まぶた》を閉じ、世界を《押す》。

目が回るような感覚とともに、くるりと世界が裏返った。

次の瞬間、右手と左手に一人ずつ手をつないだまま遠流は霧の壁の外側にいた。

うまくいった！

　密かに溜《た》め息《いき》を吐《つ》きながら辺りを見回すと、エキスポランドの東側の道路だというのが分かった。

「……着きましたよ。すぐだったでしょう？」

「え……？　ここは……だいば市内……⁉」

「それじゃ、僕はこれで」

　二人をその場に残して霧の壁に飛び込む。出現したのは、さっきのお化けラズベリーのトンネルの中だ。急いでトンネルを出ると、目の前に百瀬がいた。

「どうだ⁉」

「エキスポランドの近くに出たからそこに置いてきた！」

「やったじゃないか！　帰りは出発した場所に戻るんだな」

　八乙女課長が駆け寄ってくる。

「ご苦労だった。済まんが、すぐ次の人を送っていってくれ」

　次は中年男性二人だった。手をつないでラズベリーのトンネルを歩き、目を閉じて世界を《押す》ともう霧の壁の外だ。さっきとは違い、出た場所は北側の壁の外だった。

「ここはだいばか……！　戻ったのか……！　何と礼を言ったらいいか……」

「礼はいいです！　はやくご家族に無事を報《しら》せてあげて！」

再び霧の壁に飛び込んで、お化けラズベリーのトンネルに戻る。だんだん慣れてきて行くのも戻るのも早くなってきた。トンネルの外では笠間さんが古代仏みたいな笑顔でほわほわと順番を仕切っている。

「はい、順番ですよ。二人ずつです。彼が帰り道を知っているので心配ないですよ。でも絶対手を放さないようにしてくださいね。大丈夫、みんな帰れますよ」

何回か往復して残りの人数が少なくなってきたとき、杉山班長の車が到着して数人があらたに列に加わった。それを見て四土が愚痴《ぐち》る。

「あーあ。せっかくあと少しになってたのにまた増えた。これじゃいつまで経っても俺たちの番は回ってこないんじゃないか？」

「まあまあ、四土さん。私たちは公僕《こうぼく》ですから」

「外郭《がいかく》団体だから俺たち国家公務員扱いじゃないのにな。笠間ちゃん、家族は？　会いたい人とかいないの？」

「一緒に暮らしているパートナーがいますよ。子供はいませんけどね」

「笠間ちゃんが帰ってこなかったら、そのひと泣くんじゃない？」

「泣きませんよ。強い人ですから。それに彼はずっと待っていてくれると思いますよ」

「うわー、御馳走様《ごちそうさま》」

八乙女課長が横から口を挟んだ。

「俺は独身だ。俺が戻らなくても困る人間はいない。だから俺が最後に残って確認する」

「いいえ、最後は僕ですよ。でなきゃ意味がない」

「ああ、そうだな。君には本当に感謝している。あのときは申し訳なかった」

八乙女課長は胃が痛いような顔をしていた。

あのときの八乙女課長が他にどうしようもなかったことは分かる。あの投稿を見てしまったのだから。

「もう、いいんです。八乙女課長は自分の仕事をしただけですから。僕が『イミさん』だったのは事実ですし」

「だが、君は知らなかったんだしな……」

「砺波《となみ》局長はどうしたんですか？」

「これが始まる直前に東京に戻った。あの人は貧乏くじはひかない」

なるほど。そんな感じだ。

新しく来た人たちに笠間さんが連絡先や体調を訊いて回っている。遠流は目を皿にして見たが、今度も泉原さんの姿はなかった。

泉原さん……どうしたんだろう……。

心配だった。この世界には大きな生き物がいないように見えるけど、もしかしたら視えていないだけで本当はいるのかもしれない。この世界と完全に位相《いそう》が合ったら、ここの住人と遭遇するかもしれないのだ。

「お名前と連絡先を……それからだいばで近くにいてこちらでまだ会っていない人がいたら教えて下さい。ええっ……？　それは、本当ですか……!?」

笠間さんらしくない緊迫した声に八乙女課長が振り向いた。

「笠間君。どうした？」

「八乙女さん……！　こちらの方はビジネスホテルに宿泊していらしたそうなんですよ。中央公園の向かいのです！」

「巻き込まれたとき、ホテルの中にいたのか……？」

「そうです。ホテルの宿泊客が巻き込まれたとすると、かなりの人数がまだ見つかっていないことになります……！」

それだけじゃない。ホテルの位置まで霧に呑《の》み込まれていたのなら、範囲内に他の施設も含まれてくる。

「あの……あと何人くらいなのか、ぜんぜん分からなくなったんですか……？」

「余計な心配はするな。君は彼らをだいばに送り届けることに専念してくれ」

「は……はい！　次の人は？」

だけど、間に合うのか……？　全員助けられるのか……？　泉原さんもまだ見つかっていないのだ。

遠流は不安に苛《さいな》まれながら図書館の司書さんや、文化会館に居合わせた学生や、公園を通り抜けようとしていた人や、たまたまエキスポランドに遊びに来ていた観光客を二人ずつだいばに送り届けた。

だいば側に出る場所は毎回違っていて、向こうでカメラを持って待ちかまえている人々の目の前に出てしまったこともあった。現れたり消えたりするところを撮影されたかもしれない。拙《まず》いと思ったが、どうしようもなかった。とにかく今は一人でも多くだいばに運ぶしかないのだ。

何度めかに戻ってきたとき、再び新しく見つかった人たちが到着した。ひときわ背の高い一人がノートパソコンと鞄《かばん》を抱えている。サマーズ博士だ！

「おー！　トールくんではアリませんか！　ナゼもどってきたのデスか！」

「サマーズ博士、せっかく車を貸して頂いたのに、すみません。でも、みんなを助けたかったんです」

「サトルには、言ってきたデスか？」

「電話でフェアウェルを言いました。さよなら、って。父さんは怒ってましたけど……」

「それはヨクナイね。サトル怒る、アタリマエね」

「すみません……」

「しかし、わたしたち嬉《うれ》しいデスね。トールくんの力、やくにたつデスね！」

「はい。二人ずつ送り返しています。でもまだ見つからない人たちが大勢いるんです。泉原さんもまだなんです。異次元衝突が終わる前に全員を送り返せるかどうか……」

「ノープロブレム！」

博士はノートパソコンを開いた。

「博士、学術的なことは向こうに戻ってから……」

言いかけた八乙女課長をサマーズ博士が遮った。

「ノーノー。これは実戦デスよ！　もうすぐこの世界とわたしたちの世界、離れていきマス。それまでのあいだに、ひとりひとり、見つけてもどすのは不可能ですネ」

八乙女課長の顔から血の気《け》がひいた。

「それは本当なのか……？」

「わたしは何度も計算をしました。マチガイありません。時間ありませんデス。ダカラ全部まとめてもとの世界にもどすデス！　みつからないひとも全部ネ！」

「でも、どうやって……」

パソコンの液晶画面がこちらを向いた。二つの重なった円盤図形が描かれている。円盤の一部は重なったままぽこんと飛び出していた。ちょうど、錠剤《じょうざい》の空《あ》きシートを二枚重ねたみたいに。

「これが、いまの状態デス。このでっぱりが、結界ネ。これを、こうするデス」

画面の図形が動き、飛び出している部分が徐々に逆向きになった。重なってへこんでいた側がぽこんと飛び出し、飛び出していた側が同じだけへこむ。

「分かるマスか？　こちらがわの人、みんなあちらがわになるマスね？」

「ええっと……重なったでっぱりを逆向きにしたんですね？　《事象》が起きている向きを反対にするということですか……？」

「イエス！　トールくんのチカラあれば、できるマスよ」

「えっ、僕がやるんですか……？」

「トールくんのチカラは、ボーダーを変えるチカラなのデスよ。できるマス！」

サマーズ博士は力強くできるマス！　と断言したけれど、本当にそんなことが出来るのだろうか……。世界の壁を動かすなんて。

「どうすればいいのか分からないです……」

「トールくんは、世界の壁をこえられマスね？　それと同じチカラで、壁の方を動かすデスよ」

「次元衝突が終わるまでの時間はどれくらいなんですか？」

「ロンゲスト、六十分。ショーテスト……十分ネ」

「そんなに短いんですか……！」

「ショーテストのケースですけどもネ。ＯＨ！　あと九分なりましたネ」

「僕、やります……！」

出来るかどうかは分からない。だけど、見つかっていない人たち――泉原さんを含めて――を助けるにはやるしかない。もう時間がないのだ。

「頼むぞ、貝ノ目君……！」

サマーズ博士が鞄からラッパの形をしたものを取り出した。《事象》探査装置だ。

「これを使うデス。ぴったりな位置、さがしますネ。そこで止めるですネ」

「はい……！」

そのやりとりを見ていた男性が突然大きな声を上げた。

「ちょっと待てよ！　次は俺の番だった筈だ！　君がだいばに連れていってくれるんじゃなかったのか？　順番を待ってた俺たちはどうなるんだ？　何かするなら俺を運んでから

にしてくれ！」

「まだ見つかっていない人が大勢いるので、全員は無理です。だから……」

「今いる俺たちだけ運んだらいいだろう！　見つからない奴《やつ》らは運が悪かったんだ！」

男性は遠流の腕をつかんだ。

「頼む……！　妻と子が待ってるんだ……！」

どうしよう……できれば家族のいる世界に送り届けてあげたい。迷っているあいだに数秒で行って戻ってこられる。

後ろで別の男性が声を上げた。さっきのビジネスホテルに居て巻き込まれた人だ。

「待てよ、そいつを連れていけるなら、俺だって権利がある筈だ！」

「わたしも……！　お願い、連れて行って！」

さっきから待っていた若い女性。さらに数人が群がってくる。今まで辛抱《しんぼう》強く順番を待っていた人たちの不満が爆発したのだ。

「二人ずつなんてやめて、全員手をつなげば一度に行けるんじゃないか！」

「それは駄目です……途中で手が離れると危険かもしれないので……」

「じゃあ、俺だけ運んでくれ！」

「でも……それは……」

必死の面持《おもも》ちで取り囲む人々に目をやる。みんな帰りたいのだ。

どうしよう……どうするのが正解なんだろう……。

「トールくん！　あと七分デス！」

そのとき、遠流の腕をつかんでいる男性の手首を誰かがさらにつかんだ。

「いたた……！　何を……！」

「駄目ですよ、彼の邪魔をしちゃ」

四土鳴見だった。手首をひねられた男性が堪《こら》え切れず遠流の腕を放す。

「はい、そこのあなたも。あなたも。はい、下がって下がって。彼の邪魔をすればそれだけ戻れる可能性が減るんですよ？」

四土は群がっている人たちを手際《てぎわ》よくさばき、手品のように遠流の回りから退けた。

「こいつら俺が抑《おさ》えてるから、はやいとこサクっとやっちゃってくれよ。そうすれば全員戻れるんだろう？」

「は……はい！」

驚いた。四土はさっきまで順番を早くしてくれとか文句ばかりだったのに。

遠流は震える手で《事象》探査装置を握りしめた。

なんでこんな責任重大な任務をぶっつけ本番でやらなくちゃならないんだ……？

本当に自分にそんなことができるんだろうか……？　できる気がしない。

やっぱりあの男性だけでも家族の元に送り返してあげればよかったんじゃないか……。

何度も深呼吸した。だが、膝《ひざ》の震えが収まらない。

（落ち着け……落ち着くんだ……）

駄目だ……いろんなことを考えてしまう。失敗して、さらに他の世界に行ってしまったら？　二度と戻れなくなったら……？

「大丈夫だ、おまえならできる！」

遠流は振り向いた。百瀬だ。

「おまえはやればできる子なんだよ！」

ありがとう、百瀬……。

そうだ……やってみもしないでできないと決めちゃだめだ。

母の言葉が甦《よみがえ》ってくる。

（知らないからと言ってその道を閉ざしてしまってはだめ）

世界の壁を通り抜けるのだって、今まで考えたこともなかったのに、やってみたら出来たのだ。だから、きっとできる。できるはずだ。

壁を越えるときには世界を《押し》てその反動で自分が移動している感じだった。

だから世界の方を動かすには、自分は動かないまま世界を《押し》続ければいいんじゃないだろうか。

そうだ。世界の皮膚に触ろう……。

瞼を閉じ、意識を研ぎ澄ます。

（あ……）

視えた。頭蓋《ずがい》の一ミリ外に世界がある。世界と自分。自分と世界。

世界と世界の全てのつながりが視える。

触れば動くのが分かる。何がどうなっているのか理解できる。

（分かった……こうすればいいんだ……！）

重なって飛び出した世界の膨《ふく》らみを《押す》。自分は移動しない。

アンカーを下ろしたように世界にしがみついたまま もう一度《押す》。

もう一度。もう一度。《押す》。《押す》。《押す》。《押す》。《押す》。

世界の皮膚が、はらはらとめくれていく。

そしてくるりと裏返った。はっきりと、裏返ったのが解った。

薄く目を開けてみる。

羊歯の巨木と苔むした木々が視える。

その中に、青白いＬＥＤの光が輝いている。エキスポランド前広場の外灯だ。

空のオレンジ色が夜の闇に溶け込んで行く。

ぼんやりと銀色のプラネタリウム・ドームが見えてくる。ライトアップされたＨ２ロケットの白とオレンジが夜空を背景にくっきりと浮かび上がった。

羊歯の森にエキスポランドの展示館が重なって見え、まるでエキスポランド前広場に羊歯の森が出現したように視える。

試しに芭蕉《ばしょう》に似た大きな葉に触ってみた。すっと手をすり抜ける。もう実体じゃない。今はエキスポランド前広場が現実で、羊歯の森は実体のない幻影だ。

これは今まで体験してきた《事象》と同じ状態だった。

こちら側から向こうの世界へとび出していた状態が、向こうの世界がこちらの世界に向かってとび出した状態になった——遠流が世界を《押し》続けたことで、接触している部分のでっぱりとへこみが逆向きになったのだ。

異世界の森が透けて見える広場のそこここに、さっきまで羊歯の森の世界にいた人たちが呆然《ぼうぜん》と佇《たたず》んでいる。

世界が動くのと一緒に、跳ばされた人たち全員がこちら側の世界に戻ってきたのだ。

「何がどうなってるんだ……？」

さっきの男性がぼそっと呟《つぶや》いた。四土が茶化《ちゃか》すように言う。

「ぜんぶ戻ってきたってことでしょう。よかったじゃないですか、これで妻子の待つ家に帰れますよ」

《事象》の方向は逆向きになったけれど、二つの世界はまだ強く接触していて景色は不安定に濃くなったり薄くなったりした。そのたびに戻ってきた人々がいる場所は羊歯の森になったり、エキスポランド前広場になったりする。皆どうしていいのか分からない様子だ。

「皆さん、まだその場を動かないで下さいね。いま動いてもこの結界からは出られないんですよ。むしろ危険ですので、動かないで収束するのを待って下さい」

笠間さんがやんわりと言ったが、何人かが走り出していた。自分も覚えがあるけれど、走って出ようとしても元の場所にしか到着しないのだ。

《事象》探査装置のゲージが最大を示し、ビープ音が鳴った。

「トールくん！　イマですよ！　ストップね！」

「あ……はい！」

《押す》のを止めた。動いて行く世界が、ゆっくりと停まる。

百瀬がぽん、と肩を叩いた。

「やったな！　おまえはやればできる子だって言ったろ。俺は出番がなかったな。ヒーローになれるかと思ったのに」

「百瀬は充分ヒーローだよ」

《逆事象》から変わった《事象》は収束に向かっていた。羊歯の大木が幽霊みたいに薄く透き通っていく。半透明になった羊歯の木の後ろに隠れるように佇む人影が透けて見えた。小柄《こがら》なポニーテール。

泉原さんだ！　間違いない。

遠流は大急ぎで実体のない森の木々を突っ切って泉原さんのところまで駆けていった。

「泉原さん！　無事だったんだ！」

「貝ノ目くん……」

「よかった！　一緒に戻れて。見つからないから心配してたんだ」

泉原さんはちょっと驚いたような、困ったような顔をしている。

それから、斜め下に顔をむけてぼそっと小さく呟いた。

「……戻らなくてよかったのに」

「えっ？」

吃驚《びっくり》して、思わず泉原さんの顔を見つめた。

泉原さんは実体のない三Ｄ映像のような羊歯の木に手で触れようとしている。触れないので、スカッと手が木の中を通っていく。

「あたし、あの世界に残ろうと思った。だから見つからないように森の奥に隠れてた」

「どうして……？」

「だって、素敵な世界だった。『森の中の一軒家』の世界みたい。静かで誰もいなくて、小川のせせらぎと、風の音しかしない」

「あんなところで一人で生きていけないよ！」

「それでもよかった。一人で静かに死ぬまであそこにいられれば……」

「死ぬなんて！　なんでそんなこと……」

「……友達もいないし……あたしがいなくなっても誰も気にしない」

「そんなことないよ！　僕は気にする！」

「俺だって気にするぞ！　泉原さん！」

百瀬だ。

「ほら、これでもう友達二人いるじゃないか。アンリもいれれば三人だよ！」

「三人しか……」

「三人も、だよ！　これからもっと作ればいいよ！」

泉原さんの気持ちは痛いほどわかる。ほんの少し前まで自分もそうだった。三人どころか、友達と呼べる相手は一人もいなかった。だけど、今は三人は友達だ。

ゼロと三だったら、無限倍の差があると思う。

「あたし、憧《あこが》れだけで芸術学群に入ったけど、才能なんかなくて、自分にできることは何もないって思い知ったんだ……だから、子供のころ大好きだった妖怪や妖精の物語を自分の拠《よ》り所にした。あたしには、他に何もなかったから……」

「何ができるかできないかなんて、誰だって最初は分からないよ。僕だって僕に何ができるのか知らなかった」

「貝ノ目くんは優しい……でも、それは甘やかし」

秋葉原《あきはばら》に行ったとき、同じことを言われたのを思い出した。自分だけ練習して他の人には休んでいいと言うアスリートみたいだと。

「泉原さんは、僕が他人に優しくて自分に厳しい、って言ったよね。泉原さんもそうだと」

泉原さんの感性は、鋭い。

遠流の、自分に厳しいという性質を短期間で見抜いたこと一つをとってみても。

その感性で放たれた鋭い矢が、自分自身に突き刺さっている。

そんなことないとか、これからゆっくり自分にできることを探せばいいとか、そんな慰《なぐさ》めの言葉が意味を持たないのは遠流自身がよく知っていた。

なんて言えばいいんだろう……遠流は慎重に言葉を選んだ。

「……泉原さんは、少しだけ自分に優しくなればいいよ。それだけでいいと思うよ」

「貝ノ目くん……」

泉原さんは栗鼠《りす》みたいなくりくりした眼をさらに大きく見開いて、そのまま口をつぐんだ。何か言おうとして、その瞬間に言いたい言葉を見失ったみたいに。

「それって、難しい……」

「僕もそうだよ」

二人同時に泣き笑いの顔になる。

半透明の羊歯の森が薄くなって夜の中に消えて行く。

足元の柔らかな土がコンクリートの感触に替わり、風から緑の匂いが消える。

「《事象》、収束に向かっています……」

笠間さんが言いかけたときだった。再び《事象》探査装置のビープ音が鳴った。ゲージがどんどん上がってくる。

「《事象》の発生を確認しました……！」

「どういうことだ……⁉」

八乙女課長が怒鳴る。

「ですから、別の《事象》ですよ！　普通のですが！」

普通の事象、という言葉も変だが、確かに普通の《事象》だ。エキスポランド前広場がぼやけ、二重写しのように霧にけぶる風景が濃くなってくる。

「何か聴こえない……？」

ドドドッ、ドドドッ、ドドドッ……。

雷鳴のような音が大地を揺るがし、響き渡った。聞き覚えがある。この音……！

「あれだ……！　貝ノ目、これはあれじゃないか……！」

ドドドッ、ドドドッ、ドドドッ、ドドドッ……。

霧を蹴立《けた》て、霧よりも白い獣《けもの》の大群が駆けてくる。

白い馬に似た、だが馬ではない真っ白な生き物の群れ。

その額《ひたい》から伸びる一本の角が霧の中できらりと光った。

百瀬がすべてを忘れたように呟く。

「やっぱりあれだ……！　あのときの馬だ！　あのときの馬だ……！」

「ユニコーン……！」

泉原さんが突然一角獣《ユニコーン》の群れに向かって走り出す。一角獣の群れは実体のない《通りすがり《パッサバイ》》なのか、実体化した《短期滞在者《テンポラリー》》なのか分からない。

「泉原さん！　危ない……！」

咄嗟《とっさ》に後を追って飛び出した。追いつき、抱きとめる。

一角獣たちは白く泡立《あわだ》つ奔流《ほんりゅう》のように押し寄せてきた。無数の蹄《ひづめ》が巻き起こす風が頬《ほお》に感じられる。

（実体……!?　もう駄目だ……！）

群れの先頭の一頭が鋭くいななく。疾走する群れが二手に分かれた。

立ち竦《すく》む二人の右と左を、轟音《ごうおん》をたてて一角獣の群れが駆けていく。

淡い金色の房毛《ふさげ》に覆《おお》われた蹄。白絹《しらぎぬ》のたてがみが風に靡《なび》く。

引き締まった長い首がリズミカルに上下するにつれ、鋼《はがね》の輝きを帯びて長く捩《ね》じれた一本角が思い思いに躍《おど》った。ほっそりとしなやかな四肢《しし》から無限にくり出される魔法のようなギャロップ。

触れるほど間近を駆け抜けた群れは二人の傍《かたわ》らを通り過ぎ、最後の一頭が走り去った。

一角獣の群れは霧に呑み込まれるように消えて行く。

美しかった。あり得ないほど美しかった。一度目に視たときには分からなかった美しさが今は分かる。

「……いまの、見た？」

泉原さんはこっくりと頷いた。

「うん……生きてると、あんなものが見られるんだ……」

「また見られるかもしれないよ。僕と百瀬は二度目だ」

「……やっぱり、生きてる方がいいかもね」

突然、泉原さんとの距離が近過ぎることに気付いた。身体と身体が、ほとんど隙間《すきま》がないくらいぴったりくっついている。慌てて身を退《ひ》く。

「ご……ごめん……」

「ううん……」

そのとき、百瀬が駆け寄ってきた。

「何やってんだよ、二人とも！　あの馬を見ただろ？　あの馬だよ！　最高だ！　最高だったよな！　あんな奇麗なものがこの世にいるんだぞ⁉　あんなすげえ生き物を間近で見たなんてさ！　やばい。やばい、やばすぎる！」

「百瀬くん、あれは馬じゃなくてユニコーンだってば」

「ユニコーンってのは角のある馬だろ」

どうやら百瀬は馬愛が爆発しているのでユニコーンも馬の範疇《はんちゅう》にいれないと気が済まないらしい。

「違います！　ユニコーンは馬に似ているけど馬じゃない。蹄は偶蹄《ぐうてい》なの！」

「本当に偶蹄か？　俺には二つに割れてるようには見えなかったぞ」

「どの文献《ぶんけん》にも、ユニコーンの蹄は二つ、ってなってるの」

「文献が間違ってるんじゃないか？　俺はこの眼で見たんだ。蹄は一つだ」

「泉原さん、百瀬……奇蹄《きてい》でも偶蹄でもどっちでもいいと思うんだけど……」

「よくない！」

二人が同時に叫ぶ。

四土がにやにや笑った。

「おい。そこの三人。なに青春してんだよ？」

霧が晴れていく。霧とユニコーンの世界は消え失《う》せ、外灯の淡い光に照らされたエキスポランドだけが残されていた。

笠間さんが宣言した。

「《事象》、今度こそ完全に収束しました！」

ヘリコプターの音が聞こえる。

投光器の明かりでエキスポランド前広場が明るく照らされた。

生存者を発見……とか、無事ですか！　とかいう言葉が拡声器から聞こえてくる。

《事象》が収束して、霧の壁に呑み込まれていた一帯が外から見えるようになったのだ。

きっと、これからいろいろ面倒なことになると思う。

自分が異世界イミグラントだと皆に知れてしまった。しばらくはＢ４の保護施設にいれられるかもしれない。

でも、後悔はしていない。

たくさんの人を助けることができたんだ。それに、泉原さんも。

エピローグ

——父さんと母さんへ。お元気ですか。

遠流《とおる》です。僕は元気にやっています。『森の中の一軒家』サイン本、届きました。感謝です。友達は大ファンだそうで、家宝にすると言ってます。多元連携局は相変わらずの感じですが、サマーズ博士の強い後押しでアルバイト待遇からアンリと同じ外部アドバイザーということになりました。保護観察の意味もあるみたいです。アンリというのは長期滞在者の猫人で、とても楽しい人です。今度だいばに来たら紹介しますね——


遠流は文面を見直し、「友達」のところを「泉原縁《いずはらゆかり》さん」に変えようかどうしようかしばらく迷った。やっぱり、このままにしておこう。「友達」が女性だと分かると希望的誤解をされるかもしれないし。

希望なら、まだあると思うけれど……でも、それはこれから先の話だ。

送信！

笠間さんが茶葉をスプーンで一杯ずつ丁寧に量って急須《きゅうす》に入れている。

「貝ノ目《かいのめ》さん。ご両親にメールですか？」

「はい。週一度は連絡するように、って……」

あの《逆事象》事件で本当に心配をかけたので、連絡はきっちりするようにしている。

あのあと大学を休学するかどうかで揉《も》めたけれど、最終的には母の一言で決まった。

――遠流がいないときまたあれが起きたらどうするの？　提波大《だいばだい》がなくなってしまうかもしれないわ――

アンリはデスキャットの縫《ぬ》いぐるみを両手でぎゅっと抱きしめ、上目遣《うわめづか》いに言った。

「みーんな急にいなくなっちゃったから、どうしたかと思ったんだよう」

《逆事象》が起きていた間、アンリたち『イミさん』は人っ子ひとりいなくなった結界内に取り残されていたのだった。

サマーズ博士によると、普通は移動できる世界は二つまでで、三つの世界を跨《また》ぎ越えることはできないかららしい。『イミさん』たちが結界から出られないのも同じ現象で、だいばの結界内とその外側は既《すで》に違う世界と考えられるのだそうだ。

そこを越えられる遠流は生まれた世界から数えると既に三つの世界を移動しているわけ

で、それだけでも「非常に特異な存在」なのだという。

百瀬がアンリに訊《き》いた。

「ひとりきりになって、寂《さび》しかったか？」

「うん。『みーにゃん』の再放送が見られなくて」

「なんだよ、俺たちはどうでもいいのか？」

「んー。どうでもよくはないけど、みーにゃんは外せないんだよねえ。デスキャット回だったしー」

「毎回録画している人を知っていますよ。ダビングして貰《もら》いましょうか？」

「本当？　ヨッシー、大好きー！　ハイタッチしようー」

「おや、こうですか？　ハイタッチ！」

笠間さんとアンリのちょっとぎこちないハイタッチ。

アンリの目が糸になって、三つの三日月みたいな笑顔になる。

今は幸せそうなアンリも、以前はＢ４の保護施設に収容されていたのだ。

《逆事象》事件が収束したあと、東京から戻ってきた砺波《となみ》局長は遠流を保護施設に隔離《かくり》しようとしたけれど、事件に巻き込まれた多元連携局の人たち全員の反対に遭《あ》って断念した。

笠間さんと八乙女《やおとめ》課長はもちろん、杉山《すぎやま》班長や保安課の隊員も局長に掛け合ってくれたのだそうだ。貝ノ目遠流は危険な存在ではない、これからの多元連携局に絶対必要な人材だ、と。

事件から一ヶ月が経ち、『謎の霧《きり》の壁』と『霧の向こうから手を引いて送ってくれた茶《ちゃ》髪《ぱつ》の少年』は、だいばの新しい都市伝説になりつつある。

遠流が注目を浴びずに済んだのは、撮影不能で映像に映っていなかったからだ。跳ばされた人たちをだいば側に送り届けたときあちこちで撮影されたのに、どれにも遠流の姿は映っていなかった。送り届けた人たちだけしか映っていなかったのだ。

父とサマーズ博士は、あの時点で遠流はどちらの世界にも属さない状態で、位相《いそう》のずれで光学的《こうがく》に撮影できなかったのだという説で一致している。

遠流は百瀬《ももせ》のと同じくらい黒くなった自分の髪の毛に触った。念のためしばらくのあいだ黒く染めておくよう言われたのだ。眼鏡もコンタクトに替えている。

何者かがマスコミに手を回したらしく、『だいば市の謎の霧の壁』は濃過ぎる霧による電波障害だったという話になり、どこかの研究機関から漏《も》れた電磁波が脳に作用することによる集団幻覚だったのだという説がまことしやかに流布《るふ》していた。

以前に、父が言っていた。

人は信じたいことを信じ、信じたくないものからは目を逸《そ》らす。信じられないようなことが起きれば、そのときごとにそれに合った理屈をこねて説明し、それを信じて安心する。

その話を聞いたときは、そんなまさかと思ったけれど実際そうだった。

いまのところ霧の壁に巻き込まれたのが分かっているのは八十六人で、そのうち六十人は集団幻覚説に傾いているという。映像があれば話が違ったかもしれないが、映像はなかった。向こうに飛ばされた人たちはみんなスマホで撮っていたのに、灰色のもやのようなものしか映っていなかったのだ。

映像が一つもなかったのでネットの噂《うわさ》も急速に萎《しぼ》んだ。

世間はもう『だいば市の謎の霧の壁』事件のことは忘れ始めている。

だけど、それは表の話で、裏での話は全く違っていた。

《異次元災害》という新しい災害の概念《がいねん》に対し、文科《もんか》省と内閣府は密《ひそ》かに対策を始めている。多元連携局には追加の予算がつくことになり、父にも協力要請《ようせい》が来たそうだ。

「貝ノ目くん」

「な……なに？　泉原さん」

突然、泉原さんに名前を呼ばれたのでどぎまぎしてしまった。泉原さんに呼ばれると、いつも息が変になって落ち着かない気分になる。

「春子《はるこ》先生に、サイン本のお礼を伝えてくれた？」

「あたし、ファンレターって送ったことないんだけど……書いたら受け取って貰える？」

「あ、うん。メールで」

「もちろんだよ。母さん、喜ぶと思うよ」

「そう……なんだ。迷惑かと思ってた」

「そんなことないよ！　最近は手紙をくれる人はすごく少ないから……母さんはＳＮＳをやってないし」

泉原さんはくりくりした眼《め》で一瞬遠流を見つめ、すぐに視線を明後日《あさって》の方に逸らした。

「……じゃあ、書いてみる。『森の中の一軒家』以外のも」

「そうしてくれたら、母さん、ホントに喜ぶから」

泉原さんは相変わらず口数が少ない。話すときはいつも唐突だ。だけど、少し変わってきた気がする。あのユニコーンの群れを見たときから。

以前は泉原さんと同じくらい後ろ向きだった自分が少し前に進めたのは、メープル通りでユニコーンに遭遇してからだった。ユニコーンとの遭遇は、一歩前に進むというオーメンなのかもしれない。

アンリが特別ボーナスの『黄金ささみ』の封を切って嬉《うれ》しそうに食べ始める。

「おいしいー。二つ食べちゃおうかなー」

「毎日二本食べたら一年分が半年分になりますよ」

「えっ？　なんで？」

アンリは計算が苦手らしい。

泉原さんが半分だけアンリの方に顔を向ける。

「毎日二つ食べたら半年でなくなるの。でも、たまにならそんなに早く減らないから」

「じゃあ、今日は『たまに』の日」

そう言って、二つめを食べ始めた。

「毎日が『たまに』の日だったら？」

「やっぱり半年でなくなるぞ」

と、百瀬。

「えー、なんで──？」

「てか、自分で買えよ。給料は出てるんだろう？」

「それが使い切っちゃったんだよねえ。ヨイアスだいばにがちゃが入ったからー」

「本当に有り金全部がちゃにつっこむヤツっているんだなあ」

話だけ聞いていると、普通の学生同士の会話みたいだ。

ファイルを抱《かか》えた八乙女課長が銀色のドアをあけて入ってきた。

「みんな来てるな。貝ノ目君、百瀬君。君たちには施設の外で暮らしている《長期滞在者》の巡回訪問業務を研修してもらう」

「はい！」

「『イミさん』たちと一般住人の間で問題が起きないようにするのも我々の仕事だ。泉原君は以前にも行っているな。二人にいろいろ教えてやってくれ」

「……はい」

「長期滞在のイミさんたちも、いつかは還《かえ》っていくんです。それまでの間、少しでも暮らしやすくしてあげるのも私たちの役目なんですよ」

笠間さんがほんわり笑った。

「そうそう。コロポックルさんたちは故郷に還ったそうです。前回の《事象》が彼らの世界との接触だったようで」

「よかったですね！　食事が単調だって言ってたから」

「あれでも給食班は努力しているんだ。それぞれの『イミさん』に安全な食材を探すのも一苦労だからな」

サマーズ博士によれば、いま異次元同士の接近は数千年ぶりに極大期に向かっていて、これからますます異次元衝突が増えるだろうという。つまり《事象》や、《逆事象》が増加していくということだ。

向こうから来て帰れなくなる『イミさん』も増えるだろうし、またこちらから異世界に行ってしまうケースも出てくるかもしれない。

そんなとき、自分は役に立てるはずだ。

自分がこの力を持ってこの世界に来たのは、このためだったのかもしれないと思う。

ここに入って間もない頃、この組織が何のために何をしているのかよく分からなかった。組織名の意味も分からなかった。だけど、今は分かる。

ほとんどの人たちは知らないけど、この街にはたくさんの『イミさん』たちがいる。だいば市は異次元交差点だからだ。だいば市が掲《かか》げた看板にもあるように、文字通り多様な街なのだ。

だいば市《シティ》——ダイバシティとは多様性という意味だ。そして提波の提という字には互いに手を握る、という意味がある。

多元連携局にはいろんな人がいて、それぞれの思惑《おもわく》を持っている。

だけどこの組織に共生推進課がある理由は、異世界からやってくる人たちとこの世界の人たちの双方を守り、緩衝材《かんしょうざい》になり、仲をとりもつためなのだ。

難しいことだし、両方の助けになりたいなんていうのは過ぎた望みに違いない。

だけど、夢を見るのは自由だ。

異なった世界の人たちが互いに出会うこの街で、僕たちは同じひとつの夢を見ているのかもしれない。

※この作品はフィクションです。実在の人物・団体・事件などにはいっさい関係ありません。

集英社オレンジ文庫をお買い上げいただき、ありがとうございます。
ご意見・ご感想をお待ちしております。

● あて先
〒101-8050　東京都千代田区一ツ橋2-5-10
集英社オレンジ文庫編集部 気付
縞田理理先生

僕たちは同じひとつの夢を見る

集英社
オレンジ文庫

2016年11月23日　第1刷発行

著　者　縞田理理
発行者　北畠輝幸
発行所　株式会社集英社
〒101-8050東京都千代田区一ツ橋2-5-10
電話【編集部】03-3230-6352
【読者係】03-3230-6080
【販売部】03-3230-6393（書店専用）
印刷所　大日本印刷株式会社

※定価はカバーに表示してあります

ISBN 978-4-08-680109-6 C0193

集英社オレンジ文庫

我鳥彩子

Fが鳴るまで待って
天才チェリストは解けない謎を奏でる

国際的チェリストの玲央名からチェロを
習う女子高生の百。町で起きた事件の
話を彼にすると、不思議なチェロに宿る
"狼"が玲央名に憑依し、事件の
謎は解かずに答えだけを暴いて…?